ぼくたちのリメイク

著者：木緒なち ｜ イラスト：えれっと

Remake our Life!
Let's time-travel to 10 years ago
and reenjoy creative
and sweet youthful days.

橋場恭也

Volume
8

「ふぁあ、パイセン、すみません……
やっぱ自分眠すぎるんで、
ちょっと駅まで肩貸してください……」

「って、え、えええっ?」

えええええええええええええ!!」

「えええええええええええええええ

キャラクター紹介
橋場 恭也
（はしば・きょうや）
KOH MATSUHIRA
茉平 康
（まつひら・こう）
志野 亜貴
（しの・あき）

河瀬川 英子
（かわせがわ・えいこ）
RIO TAKENAKA
竹那珂 里桜
（たけなか・りお）

Chapter	Content	Page
プロローグ	フ　ラ　グ	011
第　1　章	ギ　ル　ド	030
第　2　章	コ　ン　ボ	084
第　3　章	ロ　ー　ド	140
第　4　章	チ　ー　ト	190
第　5　章	プ　レ　ミ	231
エピローグ	セ　ー　ブ	281

ぼくたちのリメイク Volume 8

Remake our Life!
Let's time-travel to 10 years ago
and reenjoy creative
and sweet youthful days.

橋場恭也

もくじ

Contents

ぼくたちのリメイク8
橋場恭也

木緒なち

MF文庫J

口絵・本文イラスト●えれっと

プロローグ

フラグ

２００８年、２月。寒さのピークを迎えようとするこの時期、僕は大阪《おおさか》の中心部、東梅《ひがしうめ》田《だ》に来ていた。飲食店や衣料品を扱う店の多い心斎橋《しんさいばし》に比べ、梅田の辺りは大きな企業も多く、特にＩＴ系で有名な会社が軒を連ねている。

窓の外にはビル群が広がっていた。東京《とうきょう》と比べるとさすがに差は感じられるものの、大阪も立派な大都会だった。その中に自分がいるということ自体が、そもそも嘘《うそ》みたいに思えてくる。

「では、始めましょうか」

壁も床も、真っ白な部屋の中。僕は椅子に腰掛けたまま、少しかすれた声で「はい」とだけ答えた。喉がカラカラになって、水が欲しい気分だった。

（緊張……しちゃうよな、どうしても）

そして目の前には、横に並べられた会議用テーブルに、３人の男性が並んでいる。右も左も、スーツ姿で何やらいかめしい表情をしている。

（機嫌、損ねていないといいけど）

部屋に入ってきたときの所作も、頭を下げる角度も、最初のあいさつも問題はなかった……と思う。だからこの表情は、きっとデフォルトのものなんだろう。

とはいえ、どうしてもこういう場面はよくないことを考えてしまう。すでに大きなミスをしでかしたあとで、ただ口に出さないだけだったらどうしよう、とか。

「まず、志望動機を聞かせてもらえますか？」

真ん中に座っていた、おじさん、というよりはお兄さんといった感じの小太りの男性が、ニコニコしながら僕に問いかけた。この人はスーツ姿ではなく、ポロシャツにデニムというカジュアルな格好だった。

「はい、私は——」

余計なことを考えるのをやめて、僕は事前に考えていた理由を述べ始めた。

それからいくつかの質問があったけれど、完全に詰まってしまうようなものは1つもなかった。むしろ、学内での作品制作など、答えやすいことの方が多かった。

そして、合計で7つ目の質問が終わったあと、

「以上です。ありがとうございました」

お兄さんがそう言うと、両側にいたスーツの怖い人が、何も言うことなく立ち上がり、さっさといなくなった。結局、話が始まってから一言も話さないままだったけど、何のためにいたんだろう。

（そういう決まりでもあるのかもな）

大きい会社だと、面接の際には必ず誰それが立ち会う、というルールを決めているところもある。

だから、仕方なく駆り出されていただけかもしれない。だとすれば、どこかずっと機嫌がよろしくなかったのも理解できた。

（大丈夫かな、そんな大きな会社で……）

下っ端とは言え、やっていけるのか少々不安になっていたところ、

「あ、最後に1つ、いいかな？」

「は、はいっ」

さっきの小太りのお兄さんが、不意に問いかけてきた。

「橋場《はしば》くんは……ゲームは好きですか？」

「えっ……？」

どういう質問なんだろう、と思った。

そりゃ、ここに面接に来ているのだから、嫌いなわけがない。もちろん、作るのが大変だとか、いろんなしがらみがあって作りたいものが作れないとか、厄介な業界エピソードなんてのは聞いたことがあるけれど。

だけど、僕はそんなことよりもずっと、

「はい、好きです」

ハッキリとそう言い切れるぐらいには、ゲームというものへの思いは強かった。

軽々しい、なんとなくで決めた理由ならば、そもそもこんなところまで来ていないし、あの10年後の世界からも戻らなかっただろうから。

僕の答えに、お兄さんはニコッと笑うと、

「なるほど、それはとてもいいことですね」

そう言って、うなずいてくれた。

◇

話は去年の年末、2007年の12月にさかのぼる。

僕は加納《かのう》先生に呼ばれ、すっかり馴染《なじ》みになってしまった映像研究室の中で、熱いコーヒーと向き合っていた。

「いつも同じ飲み物ですまないな。モチでも焼いてみるか?」

「あ、いえ、おかまいなくです」

たしかにメニューは固定していたけど、研究室で焼いたモチを食べ出したら、それこそ学生寮と何も変わらなくなってしまう。もっとも、加納先生が学生の頃などは、先生も混ざって鍋を囲んだりもしてたらしいけど。

「それで、どうだ最近は。相変わらず忙しくしてるのか？」

熱いカップをそろりと手で持ちながら、先生は尋ねてきた。

僕は同じようにカップを手にして、今の自分の状況を思い返した。

大芸大《だいげいだい》は、他の大学と同じように、1・2回生でほとんどの一般教養の単位を取り切ってしまうと、そこから3・4回生の専攻の作品作りに集中する学生と、バイトや就職活動に専念する学生とに分かれる。

そしてこの大学では、一般大学でいうところの卒業論文の代わりに、卒業制作という制度がある。映像学科ではこの卒業制作が内外から注目されていて、中にはそのまま映画祭にノミネートされてプロの世界へ進んだ監督もいる。

これまでのように時間や内容の制限もないことから、大作が生まれやすい環境にもなっていて、学生の中には「これからが本番」と気合いを入れる人も多い。

だけど、1・2回生で早々に目的を達成した九路田《くろだ》みたいな奴《やつ》や、最初からプロの現場で働いていた人などは、中退をしたり、あるいはそこまで卒業制作に力を入れないケースもある。

そして、チームきたやまの面々は、まさにその後者だった。これから先の卒業制作に向けてではなく、それぞれの活動に向けて、動き出していた。

その中で、僕は。

「今は……何もしていないですね」

入学以来初めて、『何もしていない』時期を過ごしていた。

理由はわかっていた。1つは、これまでの生活が怒濤《どとう》のように詰め込まれていたので、学祭での動画対決の結果、そしてその後の経緯などをふまえ、ある種、虚脱した状態にあったこと。

「何かしようとは思っているんですが、まだはっきりとは決めかねていて」

そしてもう1つは、これから先の進路について悩んでいるということだった。

「なるほどな、この時期なら非常に理解できる理由だ」

先生は、笑うことも叱ることもなく、静かにコーヒーを口にして、うなずいた。

シノアキにプロの現場からイラストの仕事が舞い込み、ナナコが歌い手として活動を本格化し、そして貫之《つらゆき》は新人賞を獲得した。

彼らはもう、次のステージへと移行を始めていた。これから、僕との距離は遠くなっていく一方だろう。だけど、だからといってそのまま羨望のまなざしを向けているだけではどうしようもない。

僕自身もまた、改めて変わる時期を迎えているからだ。

「やりたいことはある程度見えています。自分にあるスキル、ないスキルについても、この2年間でわかってきたつもりです」

「そうか、ならばそのやりたいことの実現に向けて動くのが、次のフェーズだな」

「はい。でも……そのツテがなくて、どうしようかなって」

これまでは、なんだかんだで「動く理由」が明確に存在した。

ナナコの才能の開花。貫之の学費の捻出。シノアキのモチベーションの創出。そうした目的に対して、学祭や同人ゲーム、そして大学の課題という格好の舞台が存在していた。

しかし、もうみんなの目は大学の制作には向いていない。僕は1人、道の途中で置いてかれた格好になっている。

作品作りをしていくにあたって、もっとも重要で、もっとも難しい、場の提供。

それを僕がやれるようになるための、実践的な勉強がしたかった。

「あくまで私の見立てだが」

先生はカップを置くと、ゆったりと腕組みをした。

「橋場《はしば》は、ディレクターもやればプロデューサーもする万能型だ。しかし、周りにあれだけ優秀な奴《やつ》らがいれば、指揮官として専念するのがいいと思うが、どうだ？」

僕は大きくうなずいた。

「はい、僕自身もそう思っています」

これまでは、そうする必要性があったことから、あえてディレクションに踏み込んだ動きもしていた。だけど今後は、もっと俯瞰《ふかん》してものを見る立場に、自分の身を置きたいと考えていた。

それは、最初にいた10年後の世界において、やりたくてもできないことだった。

「そうか、それならば話が早い」

「えっ？」

何のことですか、と聞くより先に、先生は立ち上がって机の上にあった資料を手にした。

そして無造作に、僕の前へと置く。

「以前に、私が同人ゲームを作っていた話はしたな？」

はい、とうなずいた。たしかにそう聞いた記憶はあった。不思議と、詳しいことまでは思い出せなかったけれど。

「そのときの仲間が、ゲーム会社に勤めていてな。時々、いい人材はいないかって話を持ちかけてくるんだ。それで実際、紹介もしている」

「あの、それってつまり」

資料を手に取り、表に書いてあった文字を目で追った。

「そうだ。橋場《はしば》、プロの現場で働いてみる気はないか？」

願ってもないチャンスだと思った。

正直、このまま大学で学んだとして、僕が望んでいるスキルを身につけるには、相当難しいだろうことがわかっていた。

だから、先生の話はまさに願ったり叶《かな》ったりだった。しかも、仕事として強い興味を持っていたゲーム会社だ。断る理由を探す方が難しかった。

「でも……それ、僕でいいんでしょうか?」

疑問に思っていた。僕自身は10年間の経験や知識を制作のスキルとして持っているけれど、それは決して外からわかりやすく見えるものじゃない。

先生のコネクションで紹介されたのだとしたら、それこそ分不相応で迷惑をかけてしまうことにもなりかねない。だから、その点だけは明らかにしておきたかった。

「私がコネで押し込んだとでも思ってるか?」

「い、いえそんなことはないですけど」

僕の考えていることぐらい、先生はお見通しのようだった。

「あのおまえたちの作品を見た上で、橋場を名指しで指名してきたんだ。つまり、おまえの仕事や力量を認めたってことだ」

意外、というか驚きだった。

僕は、絵を描いたわけでもシナリオを書いたわけでも音楽を作ったわけでもない。いや、それこそ演出にしても、細かい部分はかなり河瀬川《かわせがわ》の力を借りている。

世間的に言えば、僕は「何をしているかよくわからないけど、スタッフクレジットに載っている人」だった。なのに、そこへ声をかけてもらったというのは、とてもありがたい話だった。

「そういうことでしたら……ぜひ、お願いします」

「ああ、じゃあ面接の日程を決めようか。少し、待っていてくれ」

先生は、友人だというその会社の人に連絡し、手早く面接までの日程を決めてくれた。

願った通りに話が進んで喜んだものの、あくまで今のところは期待値からの声かけにすぎない。むしろこれからが大切だと思うと、気も引き締まった。

◇

そして今日。僕は予定通り面接を受けに行った。後日と言われていたはずの結果を、その日のうちに受け取り、帰りの電車に乗っていた。

途中、阿部野橋《あべのばし》駅から南大阪《みなみおおさか》線に乗り換えるタイミングで、加納《かのう》先生から電話がかかってきた。ちょうどよかったので、人の邪魔にならないよう脇によけながら、今日の報告を兼ねることにした。

「おかげさまで、何の問題もなく働けそうです。ありがとうございました」

結果は合格だった。すでに勤務開始日も伝えられ、一員となることが決まっていた。

「礼には及ばないよ。元はといえば、向こうから振ってきた話だ」

心なしか、電話口での先生は楽しげな口調に思えた。

「あそこのバイト、普通に受けたらどれぐらいの競争率か、知っているか？」

先生の質問に「知りません」と答えると、

「250倍だ。3人の枠に800人近く来るんだぞ。作品審査、書類審査、その辺りをしっかりと見た上で、面接が2回もある。いっぱしの社員募集なみだ」

「そ、そんなにでしたか……」

会社の規模から考えればあり得る話だったけど、それほどの倍率とまでは思わなかった。改めて、すごく恵まれた待遇だったことを思い知らされる。

「まあ、そんな会社から名指しでご相談があったんだ。橋場《はしば》も少しは自信を持つといい」

「自信なんて、そんな」

「おまえはそう言うだろうな。まあ、しっかりスキルを身につけてくるといい。この時期に遊んでる連中とは格段の差になるだろうからな」

先生は、過去にこのバイトをきっかけに正社員になったという例をいくつか挙げ、これをきっかけに「やりたいと思えることを探しなさい」と告げて通話を切った。僕は携帯電話を見つめながら、はぁ、と息をついた。

ホームに電車がすべりこんできて、僕は今日のことを振り返りながらそれに乗り込んだ。仕事帰りらしい、スーツを着た人たちが多く乗っていた。かつての自分の姿をそれに重ね合わせて、不思議な気分に浸っていた。

昔とはもちろん形は違うけれど、またこれで働くことになった。ブラックな会社と環境にあえいでいたあの頃と、今度の舞台はどう違うんだろう。不安と期待が半々で入り交じって、僕の頭の中を支配しようとしていた。

電車は夜の南大阪線《みなみおおさか》を走っていた。大和川《やまとがわ》を渡るまでは、煌々《こうこう》と光る街並みが窓の外にあったけれど、それもやがてまばらになり、今はもう暗い闇の中にあった。

◇

喜志《きし》駅からバスに乗り、見慣れたシェアハウスへ戻る頃には、すっかり暗くなっていた。合い鍵を使って玄関のドアを開けると、台所に小さな背中が見えた。

「ただいま、シノアキ」

振り返った小さな身体《からだ》が、にっこりと笑って僕を出迎えてくれた。

「恭也《きょうや》くん、おかえり～」

居間にあるこたつの上には、小さな判型のスケッチブックがあった。シノアキがラフなどを描く際に使っているものだ。

「作業中だった？」

「ううん、ラフも一通りできたから、休憩しようと思ってたんよ。恭也くんもお茶、飲まんね？」

「ありがとう、それじゃ」

うなずいて、腰を下ろすと、しばらくしてお茶がそっと出された。少し冷えた手に、とても温かかった。

「面接、うまくいったん？」

「ああ、合格だって。４月から行くことが決まったよ」

シノアキの顔が、ぱあっと晴れやかになった。

「よかったね、やっぱり恭也くんはすごかよ〜」

「そんなことないよ。先生にいい流れで紹介してもらったのが大きかったしね」

実際、後で採用倍率を聞いて正解だったと思う。あれを先に聞いていたら、もっとガチガチで何も答えられなかったかもしれない。

「シノアキはどう？　順調に進んでる？」

そして今彼女は、初めてとなる商業作品の仕事に取り組んでいる。

「うん、あと少しでキャラデザが通りそうかな。それが終わったら、ふぁぁ……詰めの作業、やね」

大きなあくびと共に、進捗の報告が行われた。

「大丈夫？　あまり寝てないんじゃ」

シノアキはずっと真摯に、この仕事に取り組み続けてきた。

「うん、ちょっと疲れとるかもしれんね。でも……」

胸の前で、その小さな手をギュッと握りしめて、

「がんばれるうちに、がんばりたいもんね。今はちょうどそのときやし、しっかりやってみようと思っとるんよ」

「そっか、楽しみにしてる」

九路田《くろだ》とのアニメ制作のときも、そして同人ゲームのときもそうだったけど、シノアキは自らの創作に対してとても粘り強く、そしてタフだった。この小さな身体《からだ》のどこに、そんな力が眠っているんだろうと疑問に思うぐらいに。

「いつぐらいまで、こうやって過ごせるんかなあ」

シノアキは、シェアハウスの天井を見渡して、つぶやく。

「そうだね、いつぐらいまで……だろう」

すでに、大学生活は折り返し地点にある。1・2回生は知らないことも多く、毎日が新鮮な驚きの連続だった。だから、時間もゆっくり流れていたし、イベントも山のようにあって、日常はめまぐるしく動いていた。

だけど、ここからは時間の経《た》つのも早いはずだ。慣れたものに対して、時間はそれを多

く味わわせてはくれない。溶けるように一瞬で、それは消えていく。

だからたぶん、この時間はもうそこまで長くはない。

それまでに、次の道を探さなければ、僕らは完全に別の道へ行くのだろう。

「じゃ、わたしはもうちょっとがんばってくるね」

軽く背中を伸ばして、シノアキは立ち上がった。

「うん、じゃあがんばって」

「恭也《きょうや》くんもね。疲れとったら寝ないといかんよ」

いつも通り、自分よりも人の心配をして、彼女は2階へと戻っていった。

誰もいなくなった居間に、時計の音だけが聞こえている。

たった2年。それだけの時間で、めまぐるしく周囲は変わっていった。

そして僕の環境も、大きく変わろうとしていた。

「あのサクシードに、かあ」

サクシードソフト。僕がどん底であえいでいた10年後の世界。そこで見たニコ生の華々しい発表。思えば、そこでのコントラストから、僕の世界は始まっていた。

決して届かないと思っていた、あこがれの大企業。きらびやかな大型企画。そして、同世代にして、はるか遠くにいたプラチナ世代のクリエイターたち。

それが今や、プラチナ世代のクリエイターたちは信頼し合える仲間となり、注目される企画を作り、そしてサクシードソフトにも手が届いた。

「ここまで……来たんだ」

手を何度も、握って開いてを繰り返した。実感はまだない。10年後からのリメイクは、やっとその端っこが見えるところに来た。

だけど、それは危なっかしい、1つ間違えればガラガラと崩れる脆《もろ》い橋の上にあるのもたしかだった。僕は1度それを壊した。奇跡が起こり、思いを新たにする機会を得てここまで来たけれど、いつまた過ちを犯すかわからない。

これは成功じゃない。その何歩も手前の、入口をやっと抜けたところだ。

「追いつかなきゃ、みんなに」

開いていた手を、グッと握りしめ、力を入れた。

貫之《つらゆき》も、ナナコも、そして……シノアキも。みんな、未来へ向けての何かをつかみ始めていた。危うく壊しかけたその道は、しっかりと先を示すようになっていた。

だから今度は、僕の番だ。

プロの現場に行って、何ができるのか、何を見つけられるのかはまだわからない。でも、僕には見付ける必要がある。そこで次の道を選択し、動かなければ、みんなといっしょにわかちあえる未来なんか、存在しない。

やりたいと思えることを探しなさい。先生は、電話の最後にそう言ってくれた。机の上で、布団の上であれこれ悩むよりも、手を動かすことの方がずっと有効に思えた、だから、すごくありがたい話だった。

「見つけるぞ」

握りしめた手を、ふたたび開いた。ここに何かをつかんで、そして次につなげてやる。わからない、は楽しいはずだから。

◇

一歩一歩をたしかめるように階段を上り、住み慣れたシェアハウスの部屋へと入った。最初は違和感と不思議な感覚しかなかったこの部屋も、今ではもう、立派に自分の城になった。

カバンを置いて、上着を脱いだあと、僕は押し入れを静かに開けた。

そこに貼ってある付箋の山には、新しい項目が付け加えられてあった。実現が極めて難しい、だけど絶対に必要な項目だった。

かつて、僕はその職業を、何かよくわからないけれど偉い人がなる名誉職、だと思っていた。

だけど実際には、その職を誠実に遂行している人もたくさんいた。広い視点を持ち、考え方に枷《かせ》をつけず、あらゆる方法を考えてその中から最善手を見つけ出す、優秀な指揮官たちだった。

ふてくされ、希望を失いかけていた未来から、光り輝く過去へ戻ってきて、僕は改めてその仕事に出会った。焼け石に水をかけていた何でも屋から、みんなの歩く先に橋を架けて歩く、導師として。

付箋に書かれたその職業を、羨望と、そして決意をもった目で見つめ直した。

『橋場《はしば》恭也《きようや》、プロデューサーを目指す』

4月。新年度になった頃合いで、僕らの生活にもまた少し変化が訪れた。

九路田《くろだ》が立ち上げた劇場版アニメの制作現場では、早速大きな仕事が動き始めていた。

その主軸になることが決まった斎川美乃梨《さいかわみのり》は、悩んだ結果、シェアハウスからの引っ越しを決めたのだった。

「ごめんなさい、ほんとはずっとここにいたいんですけど」

無理もない話で、週に帰ってくるのは着替えを取りに来るぐらいで、あとはずっとビジネスホテルかスタジオに泊まりともなれば、引っ越しを考えるのは自然な流れだった。

「それで引っ越しを選択できたのは、斎川の成長だよ」

大好きなシノアキとの、ある意味決別になったアニメ制作への道。彼女はしっかりとその道を進んだ結果、住むところも移すことにした。

「いつでも遊びに来てええんやからね。待っとるよ〜」

「う、ううっ、アキさん、そんなこと言われたら出て行けなくなっちゃいます〜」

シノアキに抱きついてグシュグシュ泣いているところなんかは、まだまだ子どもっぽいなと思ったけど。

だけど、僕は九路田から、斎川がものすごい勢いで成長していることを聞いていた。

きっともう少ししたら、すさまじいクリエイターになっていることだろう。

願わくば、その頃には彼女のあこがれであるシノアキが、逆に影響を受けるぐらいになっていると……とても嬉《うれ》しい。

（そのときが来るのを願ってるよ、斎川）

こうして、年度が切り替わる3月を以《もっ》て、斎川美乃梨はシェアハウスを出て行った。

そうなると、シェアハウスも一気にさみしくなるなと思っていたところ、
渡りに船という感じで、元々のここの住人である貫之《つらゆき》から相談を受けたのだった。

「執筆用に、ここの部屋に入ろうと思うんだ」

「基本、朝ここに出勤してきて、週末は自宅で過ごすって感じになるかな。大家さんに相談して、他に入居希望がなければすぐ契約しようと思うんだが……どうだ？」

もちろん、拒否する理由なんかどこにもなかった。

「でも、急にどうして？　これまで家で書いてたから、ずっとそうするものだと思ってたんだけど」

僕が聞くと、貫之は恥ずかしそうに頭をかきながら、

「いや、家にいるとさ、さゆり姉がずっとちょっかい出してきてよ、なかなか集中して書く時間がとれないんだよ。喫茶店とかファミレスにこもったりもしたんだけど、なんか

やっぱりうまくいかなくてな」

至極納得のいく話だった。

「だけど、そんなことして大丈夫なの？　前みたいに追いかけてこない？」

「あ、その辺は大丈夫だ。ちゃんと1時間に1度メールするようにしてるから」

大丈夫という割には、結構しっかり束縛されている気もするけど……。

ともあれ、これでまた元通りの4人の生活が戻ってくることとなったのだった。

◇

僕ら映像学科生は、1人の留年者も出すことなく、3回生へと進むことができた。学科の張り出した告知によると、毎年2〜3人は2回生据え置きとなる中で、かなり優秀な学年なのではとのことだった。

「いやでも、危ないとこだったんだぜ？　俺の成績が良かったから、なんとかなったんだけどな」

朝食の場で、貫之《つらゆき》が苦笑しながらそう語った。

「そうだね、結果的にはこれまでの貯金がものを言った感じかな」

うなずきながら、加納《かのう》先生の話を思い出していた。

言うまでもなく、貫之は休学の期間は一切授業に出席しておらず、その間の課題提出も一切なされなかった。

普通ならば、復学しても単位取得は難しいところだが、貫之はそれまでの姿勢と成績を評価され、ほとんどの授業で挽回《ばんかい》するチャンスを得られた。

そして、レポートや課題などをしっかりとこなした結果、

「ちゃんと3回生になれたんやもんねえ、えらかねえ」

シノアキが感心した顔で言った。

「まあ、みんなに助けてもらったからな。落第するわけにはいかねえだろ」

貫之は恥ずかしそうに頭をかく。

「なんか貫之も変わったよね〜。そんな素直に感謝を言えるようになるなんてね」

ナナコがニヤニヤしながらそれを見ている。

「人は変わるもんだろ。おまえは全然変わらねえけどな」

「あ、あたしだって少しは変わってるっての！　歌って欲しいって連絡だってさ、どんどん増えてるし！」

今日の食卓もいつもと同じく賑《にぎ》やかだった。

貫之が話すとナナコがちょっかいをだし、お互いに言い争うのをシノアキがニコニコと眺め、やがて僕が仲裁に入る。

だけど、もうみんなは以前と違う。

「ごちそうさま〜。それじゃ、わたしは作業に戻ろうかな」

「ああ、俺も初稿の続き書くわ」

「あたしも、コラボ依頼の返事書かなきゃ！」

みんな、自分の食器を片付けると、そのまま自分の部屋へと戻っていく。

「じゃ、いってきます」

そして僕だけが、学校へと向かう。みんなの「いってらっしゃい」という声に送られながら、まだ学生としての日常を送っている。

シノアキはラノベの挿絵仕事が本決まりになり、現在はキャラクターデザインを進めている最中だ。ナナコは大型のコラボ依頼が届き、先方とのやり取りやオリジナル曲の制作に没頭しているし、貫之《つらゆき》はラノベ作家としてのデビューに向け、原稿のリライトに集中している。

もちろん、彼らもまだ授業に出る日はある。だけど、自身の創作のためを考えて、かなりその日数を絞っていた。そうなると、以前のように全員で登校することもなくなり、自然と別行動が増えていった。

せめて朝ご飯ぐらいはいっしょに食べよう。誰かが言ったその決まりごとが、かえってみんなの時間が離れていくのを示していた。

◇

「家族じゃあるまいし、当然のことじゃない」

僕のそんな感傷的な出来事を、鉄の女こと河瀬川英子《かわせがわえいこ》はバッサリ斬って捨てた。

「いやまあ、理屈ではわかるんだけど、さみしいって気持ちはあるんじゃないの？」

「あのね、わたしたちはここに勉強をしに来てるのよ。仲良しグループを作りたかったら、最初からそういうサークルなり大学なりを選べばいいんであって、むしろみんなそれぞれの道を歩んでいるならとてもいいことじゃない」

まあ、言う通りなんだけど。何もそんな、授業後に立ち寄った食堂での雑談レベルのことにそこまでシビアにならなくてもいいんじゃないかなって。

（らしいっちゃ、らしいけどね）

僕がどういう思いでシェアハウスのみんなに接しているのか、河瀬川はそのほとんどを理解している。

だから、その点において僕が弱気な部分を見せると容赦ないんだろう。

「橋場《はしば》、いっしょにいたいってんならいい方法があるぞ！」

いっしょにいた火川《ひかわ》が急に声を上げた。

「方法？　どんな？」

「シノアキかナナコか、どちらかと付き合っちゃえばいいんだよ！」

「ぶっ!!」

僕と、あと河瀬川《かわせがわ》が同時にむせた。

「お、どうしたおまえら？」

「いきなりそんな繊細な部分をわしづかみにするからだろ！」

「そうよ！　火川《ひかわ》、あんたほんとそういうとこデリカシーとかぜんっぜん！」

そろって火川のぶち込んできた話題に反抗するも、

「えー、そっか？　でも俺たちもう大学も折り返しだろ？　これからのこととか考えたら、そういうのも考える時期だと思うんだけどなあ」

「うっ……」

今度は、僕と河瀬川が同時に言葉に詰まった。

言われてみれば、たしかにそうだった。

僕らはもう成人になって、進路を考える時期にさしかかっていた。となると、どうしてもこれからの人生についても考えるようになる。

あまりに創作のことばかりに集中していたせいで思いもよらなかったけど、付き合ったり結婚したりなんて話は、今後リアルになってくるわけで。

火川《ひかわ》が言った件も、あながち突拍子もない話でもなくなってくる。

「そ、そういう交際とかで区切りをつけようって考え方が前時代的よ。わたしにはついていけないわね」

「ははっ、河瀬川《かわせがわ》はそんな感じだな！　仕事好きそうだもんな！」

「何よその勝手なイメージ！」

火川と河瀬川が言い合う中、僕はシェアハウスのみんなのことを思っていた。

すでにさゆりさんと結婚寸前にある貫之《つらゆき》はともかくとして、ナナコは明確に、僕に好意を示している。今はそのときじゃない、と僕は思っているし、ナナコもそれっぽいことは言っているんだけど、具体的に『そのとき』がいつなのか、決めているわけでもない。

そしてシノアキは、おととしの学園祭でいきなりの急接近があって以来、特にその仲が進展するようなこともなかった。少しずつ彼女は自分のことを話すようになって、僕たちはゆっくりとその距離を縮めつつあったけど、それも決して恋愛を軸にした話ではなく、個人と個人の信頼とか、そういう関係に基づくことだった。

今は、それぞれに創作という大きな課題を抱えている。しかし、それらに何かしらの達成があったり、行き詰まったりすることがあれば、急激に心情に寄った話が出てきたって、何もおかしなことはない。

ナナコもシノアキも、明日急に関係が変化するかもしれないのだ。

「どうしたの、ボーッとしちゃって」

「あ、いやいや、なんでもない。ちょっと考えごとしてた」

「ふぅん……」

わかりやすく、ジトッとした視線を向けてくる河瀬川。

そう、この子にしたって、あの10年後のことを思えば、今の関係が変化する可能性は大いにある。ただ、今のところは彼女の強い意志によってそれは表に出ていないように見えるけれど。

ともあれ、僕はなかなか油断ならない状況に置かれているようだった。彼女もいない、女友達もいない、そして仕事もなかったあの未来からすれば、比較にならないぐらいうらやましい状況だけれど。

「ま、まあ今のところは何もないよ、うん」

多少、いやかなり動揺しつつもそう答えると、

「そっか、とりあえず交際はいいぞ！　おまえらもいい相手が見つかるといいな！」

相変わらず危なっかしいところに釘《くぎ》を打ち込みながら、火川はガハハと大きな笑い声を上げた。

彼がここまで大きな態度に出られるのには理由があった。火川は、同じ忍者サークルの後輩と最近付き合い始め、スキあらば、そのノロケを周りにしてくるようになったから

だった。

（変わってきてるよな、みんな）

河瀬川《かわせがわ》は、映画の制作会社で助監督のバイトをすることになったし、不本意ながら決まってしまったミス大芸大《だいげいだい》の活動も（文句を言いつつ）やることになった。

火川《ひかわ》も念願のアクション映画の撮影に向け、特殊効果などを扱うスタジオに出入りしているらしいし、みんなそれぞれに自分のやりたい方へと進み始めている。

一足先に大きな舞台へと進み始めた九路田《くろだ》や斎川《さいかわ》も含め、大芸大の面々は少しずつ動き始めていた。

「橋場《はしば》は、ゲーム会社に行くの？」

河瀬川が改めて尋ねてきた。ざっくりした話については、先に電話で知らせてあった。

「うん、サクシードソフト。先生の紹介で、来週からね」

「お、すげーじゃん！　あそこって、美少女ゲームからコンシューマに進出して元気いいんだよな！」

火川が驚く。そう、この頃のサクシードは、中堅から大手への階段を上り始めたぐらいの時期にあった。

「そう。わたし、ゲームってほとんど触らないから、色々感想も聞かせて」

河瀬川の提案に、僕もうなずいて、

「うん、僕も映画制作の話を聞きたいし、そこは情報交換しよう」

この先にある未来では、みんなはどうなるんだろう。期待と不安を抱きつつ、僕らは次の道を歩き始める。

◇

週明けの月曜日、僕は昼から電車に乗り、大阪《おおさか》の中心部へと向かっていた。

大芸大の学生にとって、大阪の中心部というのはあまり馴染《なじ》みのない場所だ。遊びに行くのは主に心斎橋《しんさいばし》やなんばといったところで、東梅田《ひがしうめだ》から南の方、淀屋橋《よどやばし》とか本町《ほんまち》とかいったところは明確にビジネス街で、就活でもしなければ向かう先ではなかった。

なので、面接以来2度目の来訪となった僕は、思い切り道に迷っていた。

「前回はうまく行けたのに……あ、ここだ」

やっとのことで前回来たビルを見つけた。10階建てで、その中の5フロアをサクシードが占めていた。

受付のある3階へエレベーターで登る。ドアが開くと、そのすぐ前に大きなガラスの扉があって、そこにサクシードソフトのロゴが描かれていた。

サクシードソフトは、創業以来ずっと大阪に本社を置いていた。しかし、2012年ごろに業務拡張を目的として東京《とうきょう》に自社ビルを建設して本社を移し、大阪《おおさか》の開発部は閉じて営業部が主体となる支社へと変わった。

ゲーム雑誌やネットで得た情報によると、サクシードソフトは『大阪時代』と『東京時代』で、その性格を大きく変えたとのことだった。従業員数2500人、押しも押されもせぬ大メーカーとなった東京時代に比べ、300人程度の社員数だった大阪時代は、アットホームというか、大学のサークル的なエピソードも多かった。

元々、美少女ゲームからの出発ということもあり、ユーザーとの交流も多かった。今ではセキュリティの問題で考えられないことだが、直接訪ねてきたユーザーを開発部に招き入れ、格闘ゲームで対戦する様子がサイトなどにアップされていたこともあるぐらいだ。

だけど、ゲーム開発に対する熱量や新しいものが生み出される期待感は、大阪時代の方が断然あった、というのが誰しも共通した意見だった。

その伝説の場所に、僕はこれから入る。

（前回よりもずっと緊張する……）

息を吸って吐いてを何度も繰り返し、よし、と気合いを入れてからドアを開ける。

受付には誰もおらず、置いてある内線電話で連絡する方式だった。

「2200、と」

開発部、と書かれてある横にあった内線番号を押して、受話器を耳に当てた。

するとすぐに、声が聞こえてきた。

「ふぁーい、開発です……」

「えっ？」

いきなり、明らかに眠そうな声が電話口から聞こえてきた。

「あ、あの、今日からアルバイトでお世話になります、橋場《はしば》と申しますが」

ひとまずあいさつをすると、

「バイトの子？　あ、入ってきちゃっていいよー。そこから右に入ってずっと奥の突き当たりのとこ一帯が開発部だから～」

「は、はい、わかりましたっ」

応えると、すぐに電話は切れた。

「なんだったんだろ、今の……」

今日は月曜日、そして昼間だ。普通ならば休日明けの勤務日ということで、しっかりと働いているはずの時間帯だ。

だけど、さっき電話に出た人は明らかに眠そうだった。単に不摂生ということも考えられるけど、もっと考えられる線としては、

「昨日も出社して、そのまま泊まったのかな……ゲーム会社だし」

ブラックの雰囲気を感じながら、僕はそろそろとオフィスの中へと足を踏み入れた。

空調の効いた室内は、少し寒いぐらいで、過ごしにくい感じはなかった。入ってすぐは営業部の一帯らしく、電話で話したりキーボードをたたく人が大半だった。わかりやすい、オフィスといった感じの区域だった。

それを越えると広報部があった。こちらは営業よりは気ぜわしい感じではなかったけれど、なにやら販売ツールを作ったり、雑誌の校正紙が山積みされていたりして、業界の中にいる実感をわかせてくれた。

忙しく働いている人の脇を抜け、邪魔にならないように先を急ぐ。やがて、明らかにこれまでとは違う雰囲気の場所へとついた。

「で、ここが開発部、か」

大きく長いパーティションで区切られた、もっとも奥まった先にある部署。そこが開発部のある区域だった。

異様な空気だった。各デスクを分けるために使われているのはもっぱらキャラクターの描かれたタペストリーで、シンプルなパーティションなどはどこにも見当たらなかった。床には寝袋、所々でいびきと寝息が聞こえる中、何人かの人については、この状況にあってもまったく動じることなく、黙々と自分の作業に集中していた。

（邪魔しちゃ悪いよなあ、これ）

明らかに集中力をそいでしまうとあって、僕は一旦声をかけようとして、ためらった。

しかし、このままでは誰からも仕事の指示を仰げないままだ。

「えっと、あの」

意を決して、すぐ側《そば》で3DCGの背景を描いていた人に話しかけた。

そして、その次の瞬間。

「ひっ……！」

いきなり、背中に何かひんやりするものを突きつけられた。

「ゆっくり両手を挙げなさい。これは銃だ」

冷ややかな声が背中の方から聞こえてくる。

え、なに？　この時代ってもうテロってあったっけ？　い、いや何よりもその、大阪《おおさか》のゲームメーカーで銃を使ったテロなんて、そんな事件なんか記憶に。

脳内の記憶を検索しようとする僕に、背後の人物は言葉を続ける。

「君は選択権がある。今すぐに降伏するか、もしくはここでその人生を終えるかだ」

そんなの、選択する余地なんかあるはずもない。僕が仮に武術の達人とかなら、後ろの銃をさっとつかんで腕をひねり上げたりとかできるのかもしれないけれど、残念ながらそんなスキルは過去も未来も含めて一度も身につけたことがない。

「こっ、降伏します、しますっ」

観念して声を上げた、その瞬間。

「はいはい、その辺で終わりにしよう」

柱の陰から、目の前にひょこっと人影が現れた。

ショートボブの髪型が似合う、華奢《きゃしゃ》できれいな人だった。女性……かと一瞬思ったけれど、ジャケットを羽織ったその姿は、明らかに男性のそれだった。

そして、目の前の人が、

「もう、ダメだよ堀井《ほりい》さん、新人さん怖がってるよ」

苦笑しながらそう言うと、

「ごめんごめん、つい新しい人が来るってなるとうれしくって、ね」

背後の冷酷な声が、急にほがらかな、のんびりした口調へと変わった。驚いて振り向いてみると、そこには。

「あ、こないだの……」

面接で顔を合わせた、あの開発の人がニコニコしながら手を差し出してきた。

「はい。開発部長の堀井一久《かずひさ》です。よろしくお願いしますね、橋場《はしば》くん」

握手をしながら、僕はいきなりのことに翻弄されたままだった。

◇

あいさつもそこそこに、僕たちは会議室の方へと移動した。

「新人が入ったときの通過儀礼……ですか」

「そうそう、ずっと昔から定番になっているんですよ」

サクシードソフトの開発部は、元々同人ゲームの制作チームから発足したこともあり、シャレや遊び心を重視する傾向にあった。さっきの僕に対してのドッキリも、その慣習かららしい。

「前にやったときはゾンビのメイクまでしてお出迎えしたんだけどね。でもやって来た子が泣いちゃったから、ちょっとスケールダウンしたんだよね」

「どんだけリアルだったんですか……」

その被害者？のおかげで、僕はあの程度で済んだということか。

「堀井さんはイタズラ好きだからなあ。でもほどほどにしておかないと、せっかく来てくれたバイトの子もみんな逃げちゃうよ」

「はは、そうだね。これきりにしておこう」

さっきのきれいな人に言われ、堀井さんは人の良さそうな笑顔を浮かべ、頭をかいた。

「そうだ、こちらの方は？」

「あ、まだ紹介していなかったね。君と同じくバイトで手伝ってもらっている、茉平康《まつひらこう》くんだ」

堀井《ほりい》さんが紹介し、茉平《まつひら》さんは頭を下げた。

「橋場《はしば》くんだね。茉平です。よろしく」

「こちらこそです。よろしくお願いします」

言って頭を下げると、茉平さんも律儀に頭を下げた。

「彼には、バイト全体の統括をしてもらってます。何かわからないことがあったら、まずは茉平くんに聞いてください」

わかりました、と答えると、茉平さんも肯定するように優しく笑って、

「橋場くんは3回生だっけ」

「はい。茉平さんは……?」

「僕は4回。もう来年には卒業だよ。だからほとんどやることもなくてね」

茉平さんによれば、サクシードでのバイトはもう4年目とのことだった。1回生のときからだから、相当なベテランだった。

改めて見ると、茉平さんは本当に女性のような顔つきをしていた。涼やかな感じだけど、目が優しいので冷たい感じを受けなかった。

モテそうな人。月並みだけど、そんな第一印象を受けた。

堀井さんは、「そういや」と思い出したように言葉を挟むと、

「橋場くんたちの学祭のときの作品を見たけど、あれはとても工夫してましたね。コメン

トを使って動画の演出にするなんて、システムを活用した裏技だった」

まあ、この時代だからまだ武器になったというだけのことだけど、気持ちのいい形に落とし込むことができたのはよかったと思う。

「ありがとうございます。でも先生にも言われましたが、あのやり方では王道には勝てないという思いはありました」

「だろうね。僕も、作品の総合点では九路田《くろだ》くんの方に軍配が上がると思った」

そう言って、堀井《ほりい》さんはうなずくと、

「でも、君の作ったものにはアイデアがあった。限られた資源を駆使して、なんとか逆転しようという気概があった。そういう考えは、ゲーム作りに不可欠ですからね」

「そう……なんですか」

「うん、だから彼女に頼んで、君に声をかけたんだ。試行錯誤のできる人なら、開発にも何かおもしろい変化を与えてくれるかも、って」

彼女、というのはおそらく加納《かのう》先生のことなのだろう。

堀井さんは、加納先生とどういう関係なのだろうか。かつてゲームを作っていた仲間であるのは知っているけど、強い信頼感があるのは確かなようだった。

「呼んでいただいて嬉《うれ》しいです。でも、僕はまだ何もスキルがないので、その」

堀井さんはにっこりと笑うと、

「最初は誰だってそうだよ。まあ、徐々に慣れていってくれれば大丈夫です」

「はい、がんばります」

　気合いでやれ、みたいな感じで言われなくてよかったと思った。もちろん、やる気をしっかり持つのは大切だとは思うけど、いきなり根性論だととらえ方が変わってしまう。

（優しそうな人たちでよかった）

　急成長のゲーム会社ということで、クセの強い人ばかりだったらどうしようって思っていたけど、その心配はなさそうだった。

「橋場《はしば》くん、プロデューサーになりたいんですか？」

　ホッとした直後、堀井さんはそう尋ねてきた。

「え、はい、目指しています」

　いきなりで戸惑ったけれど、ここでぼんやりしたことを言っても仕方ないと思い、しっかりと答えた。

「なるほど、君のやってきたことからすれば、自然な流れだと思う。がんばってね」

「ありがとうございます」

「でも……」

　堀井さんの表情が、それまでの柔和なものから、急に硬くなった。

「今、僕はプロデューサーをしているけれど、この職業についての気持ちを問われれば、愛憎半ばする、というのが正直なところだ。やりがいも達成感もある一方で、冷徹な判断をしなければいけないことも、数多くあります」

言葉を挟める空気になかった。

プロデューサーという職種について、なんとなくは知っていたことだけれど、実際にその職に就いている人からの言葉はとても重かった。

「だから、この仕事を目指すという若い人に対しては、とても嬉《うれ》しく思う気持ちと、やめておいた方が、と忠告したくなる気持ちが半々です。ですが」

堀井《ほりい》さんは、そこでまた表情を和らげた。

「彼女……加納《かのう》くんから聞いています。君はそういう、判断をすることにおいての痛みを知っている人だと。そこで悩むことができる人だとね。だから、歓迎しますよ」

嬉しい言葉だった。堀井さんがそう言ってくれたことも、加納先生がそのように評価をしてくれていたことも。

僕は素直に頭を下げて、

「ありがとうございます、その……勉強して、強くなりたいです」

「強く、うん、いいですね。強くあることは、自分に対しても他人に対しても、これ以上ない武器になります」

まだその入口に立ったばかりだけど、僕はこの会社でプロデュースの最初の部分を学べることが、とてもありがたいと感じた。

（でも、全然甘くはない……よね）

さっき感じた、体育会系でなくてよかったという感想は、どこかに吹き飛んでいた。自分を律しながら必死でやらないと、ここはすぐに置いていかれる戦場だ。

この人は、優しさの裏にそういう怖さを持っている。今の話で、それを察した。

「そうだ、今日はもう1人来る予定なんだけど、橋場《はしば》くんは聞いてますか？」

不意に、堀井さんから質問された。しかし、何のことかわからなかった。

サクシードソフトの一件を知っている人なんて、それこそ加納先生ぐらいしかいない。というか、そこを唯一の接点として、今回の話をもらったわけだから、事前に聞かされているとすればそこぐらいしか思い当たらない。

「聞いてる……？　いえ、何も」

なので、素直にその通りに答えたところ、

「おかしいな。君と合わせて2人、映像学科から面接を受けて合格したんだけど、本当に何も聞いてなかった？」

2人？　僕の他にも、誰か面接を受けて合格してたって、そんなの。

「初耳なんですけど、それっていったい……」

誰なんですか、と言いかけたそのとき、

「お、遅くなりましたぁっ!!!」

会議室のドアが勢いよく開き、息せき切って女の子が駆け込んできた。

肩口まである、明るい茶色の髪は元気よく外に跳ねていて、リュックにつけたスカーフとオレンジ色のパーカーが目の前でチカチカしていた。

びっくりする一同をよそに、女の子はゼーハーと大きく息を吐いて胸をトントンとたたくと、バッと背筋を伸ばして、その後ズバッと折れ曲がるように頭を下げた。

「大変、申し訳ございませんでしたっ!! バイト初日から遅刻なんて、タケナカ、汗顔の至りですっ!!」

どこか古めかしいというか、時代がかった言葉を使いながら、体育会系な感じの謝罪をぶちかましてきた。

一同が唖然《あぜん》とする中、彼女は顔をズバッと上げると、キョロキョロと周囲を見回し、そして、僕の姿を目にとめると、

「あ……」

何かに気づいたような顔をして、携帯をいじり始めた。

そして、何かの画像でも開いたのだろうか、携帯と僕の顔を交互に見比べて、そして、

「は、橋場《はしば》先生だぁっ!! 間違いないですっ!」

「えっ、ぼ、僕っ?」

突然、僕の名前を『先生』をつけて呼んだかと思うと、ずかずかずか、と擬音の入りそうなぐらいに豪快な足音と共に近づいて来て、

「やっと会えました!!　ずっとお目にかかりたかったです、橋場先生っ!!」

僕の手をバシッと両手で握ると、

「不肖タケナカ、今日からお世話になりますっ！」

キラキラした目でまっすぐに見つめ、唐突にあいさつをしてきたのだった。

「え、あの……えっと、その」

てっきり1人だと思っていた映像学科からのバイトが、2人に増えて、しかも知らない女子なのに向こうは僕のことをなぜか知っていて。

この時点でも完全に要素が渋滞を起こしているのに、気の利いた返事などできるはずもなかった。

どこから話をしようか、何を聞こうか、脳内が完全にバグっている中、無言の空間が発生している。

なかなか助け船が出されず苦しんでいたところ、堀井《ほりい》さんが苦笑しながら、

「えっと、この子。竹那珂《たけなか》さん。橋場くん、聞いて……なかったみたいですね」

「それはもう、何ひとつとして」

僕はただ、困惑しつつも首を横に振るだけだった。

「ええっ！　それじゃ、加納《かのう》先生は橋場《はしば》先生に何も言ってなかったんですか!?」

「う、うん。あとその橋場先生って何なの？」

「そりゃもう、尊敬する先生だから橋場先生ですよ！」

◇

あいさつと自己紹介を終えた僕たちは、とりあえずご飯でも食べようかと、会社から出てすぐのところにあるカフェへと来ていた。

僕と茉平《まつひら》さんがシンプルにバーガーとドリンクを頼んだのに対し、タケナカさんは開口一番、バーガーLLセットに単品でバーガー2つ追加という、運動部の学生みたいな注文をして度肝を抜いてきた。

タケナカ……竹那珂《たけなか》さんは、名前を竹那珂里桜《りお》といった。

ただ、初見だとタケナカ・リオとしっかり読んでもらえないことから、メールやメモ書きなどではすべてカタカナで通しているらしい。

映像学科には、今年入学したばかりの1回生。まだ講義を受け始めたばかりとあって、ノリや雰囲気は高校生そのままという感じだった。

「しかし、竹那珂さんは元気だね～。なんかこう、中学生かなって思ったよ」

茉平さんが楽しげに言うと、

「そんな！　タケナカこれでも立派な18歳っすよ！　意外に思うかもしれませんけど、結構ちゃんと女子してるんですから！」

手に持ったハンバーガーにかぶりつきながら、竹那珂さんは不満げに言い返した。

「えっとそれで話を戻すけど」

「あっ、すみません！　自分すぐ話をぶっ飛ばして東奔西走するクセがありまして。それでなんでしょうか？」

微妙に言葉の使い方間違ってそうだけど、それはまあいいか。

「あの、さっき僕のことを知ってたみたいだけど、なにで知ったの？」

めちゃくちゃ気になっていたことを、やっと聞くところまできた。ここまで、ほぼ会話のペースを彼女に握られていたので、なかなかそこにたどり着けなかったのだ。

だいたい、初対面の女子から名前と顔を知られているとなると、怪しげな勧誘以外思い当たる節がない。その手の話だったらどうしよう、とやきもきしていたところ、
僕の質問に、彼女はパアッと表情を明るくして、

「そうでした！　そのことを真っ先に言わなきゃでしたっ!!」

いきなり立ち上がると、ふたたび両手で僕の手を握りしめた。

「えっ、ちょっ、あの！」

「自分、マジで橋場《はしば》先生のことリスペクトしてるんです！　だからここで会えてヤバいぐらいテンション上がってるんですよ!!」

え？

リスペクトって、どういうこと？

「あの、僕……竹那珂《たけなか》さんに会ったことあったっけ？」

「ないっす！　ついさっきが初対面です！　でもタケナカは先生のことをたぶん世界で30番目ぐらいにはよく知ってるはずです！」

微妙に謙虚なのはさておき、どういうことだ？

「先生、同人ゲーム作るの、やってましたよね？」

「う、うん、たしかにやってたけど……」

「そんで去年、ニコ動でヤバい動画アップしてましたもんね！」

「う、うん、してたね……って、なんでどっちも僕だって知ってるの!?」

別々の名義にしているはずなのに、どうしてだ……？

「そんなの、掲示板とかでいっしょだって噂《うわさ》立ってましたよ！　それ聞いて、自分めっちゃ調べたんです！」

「そっか……」

まあ、そもそもナナコの歌とかシノアキの絵とか、探ろうと思えば探れるポイントは

あったけれど、それでもよくつながったものだと思う。

「それで、これをまとめた人が大芸《だいげい》にいるって聞いて、進路決めて受験して4月から映像学科に来たんです！　そんでソッコーで加納《かのう》先生に色々聞いて、拝み倒してサクシードのバイトを紹介してもらったんですよ！」

そして今日、いよいよ会えるということで緊張して眠れず、遅刻したそうだった。

「橋場《はしば》先生と、こうしていっしょのバイト先で働けるなんて夢みたいです。そんなわけで、改めてよろしくお願いしますっ!!」

――すごい話もあったものだと思った。

僕だって、あこがれていたプラチナ世代のクリエイターを求めてここにいるのだから、心情的には彼女の気持ちがとてもわかる。

それは、絵だったり文章だったり音楽だったり、明確に創作物のあるものへのあこがれであって、ルートをつなぎやすい。

だけど彼女は、初手から『まとめ役』である僕へ狙いをつけ、まっすぐにやって来た。SNSもせず、自分が表に立つことはしなかったにもかかわらず、だ。

（変わった子、だな）

ブレーキを忘れた車みたいな勢いだけど、こうやって慕ってもらえるというのは悪い気はしない。

「でもさ、とりあえずその先生ってのはやめにしないかな」

「ええっ、どうしてですか？　タケナカにとっては間違いなく先生なので、今後とも先生って呼んでいきたいんですがっ」

（あ、これ聞く気ないか、あるいは意思をガチガチに固めてるやつだ）

芸大というところは、これまでに何度も言っていた通り、変人の集まってくる場所だ。変人は変わっているというだけではなく、やたらとかたくなな人間が多い。

彼女についても、その類《たぐ》いなのだろう、たぶん。となると、反抗するだけ無駄というか、もっとしっかり材料を用意しなければいけないのかもしれない。

なんとも、先の思いやられるスタートとなりそうだ。

「君たちを見てると、なんだかうらやましくなるね。大学生っていいなって思うよ」

僕らの漫才というか茶番を見て、茉平《まつひら》さんは楽しそうにほほえんでいた。

「すっ、すみません！　タケナカちょっと調子に乗りました！　茉平さんを放置してしゃべり倒して、申し訳ありません！」

竹那珂《たけなか》さんはパッと手を放すと、さっきのリプレイみたいに深々と頭を下げた。

「まあ、せっかく同じバイトになったんだし、これからいっしょに働く上で、お互い納得できるように話し合ってね」

「ヒュゥ！　さすがのナイスアドバイス、ありがとうございます！」

茉平《まつひら》さんが気遣ってそう言ってくれたけど、彼女は話し合うつもりがあるのか、いささか疑問に感じる応答だった。

「すみません、突然2人して盛り上がっちゃいまして」

僕は完全に引っ張られただけだけど、ひとまず謝罪した。

「いいっていいって、あこがれてる人に会うってのはうれしいことだしね」

その言葉通り、茉平さんは特にこの状況を疎んでいる様子はなかった。

（1学年上ってだけなのに、大人っぽいよなあ）

とある写真学科研究生は、今ごろ大きなくしゃみをしてるんだろうなあ。まあ、あの人も場面によってはすごく大人なんだけど。

「さ、じゃあそろそろ戻って、開発部の案内とか仕事の説明とかしようか。たぶん、堀井《ほりい》さんもその準備をしてるだろうしね」

「は、はいっ」

僕らはすぐに立ち上がると、茉平さんに従うようにしてついて行った。

開発部に戻ると、僕らはすぐに自分たちのデスクを与えられた。

といっても、さすがに正社員と同じスペースを与えられるわけじゃなく、汎用スペースに小さな棚とノートPC、という程度のものだった。

それでも、あこがれだったゲーム会社に自分のスペースができるなんて感無量だ。前にいた会社でもスペースはあったけれど、与えられた備品には雲泥の差があった。

（壊れた椅子をガムテープで直してたのが嘘《うそ》みたいだな）

もちろん、椅子も有名な外国メーカーのしっかりしたものだった。

開発部以外のフロアに立ち入ることは禁止と言われたけれど、逆に開発部内は自由に動き回っていいよとのことだった。もちろん、社外秘のデータを持ち出すようなことは絶対に厳禁だけど、それはバイト採用時にしっかりと言及されていたので、特に今さら戸惑うようなことでもなかった。

明日からは、さっそく勤務が始まる。おそらくはデバッグや雑用が主になるのだろうけど、そのうちに開発のお手伝いもできるということなので、楽しみだ。

この日は、開発スタッフへの紹介と自分のデスク周りの整理だけで仕事は終わった。タイムカードを押して帰ろうとしたとき、ふと茉平さんがそのまま仕事をしているのに気づいて、声をかけた。

「茉平さんは、まだ残るんですか？」

彼は苦笑すると、

「そう、まだやらなきゃいけないことがあるからね。今日は残業かな」

「へえ……」

同じバイトといっても、もうすでにやっていることの領域が違うように見える。

「それじゃ、失礼します」

「お疲れ様ですっ!!」

僕と竹那珂《たけなか》さんは頭を下げて、緊張の中でバイト初日を終えたのだった。

◇

退勤のラッシュに巻き込まれるかと思っていたけど、少し早めに会社を出たこともあって、帰りは竹那珂さんと並んで席に座ることができた。彼女も大学近郊に部屋を借りているので、これからは通勤時に顔を合わせることも多くなりそうだ。

席に座って10分、そして阿部野橋《あべのばし》から最寄り駅まで30分。いつも思うのだけど、大学から中心部までは本当に遠い。いずれ、引っ越しも考えるようになるのかもしれない。

「ふぁ〰〰〰あ……いやぁ、眠いですね～」

隣でずっと船をこいでいた竹那珂さんが、大きなあくびと共にそんなことを言った。

「眠そうだね。なんだったら、駅に着いたら起こしてあげるから寝ててもいいよ」

竹那珂さんは、ありがとうございまーす！　と元気に答えながら、

「先生は眠くないんですか？」

逆にそう、聞いてきた。

「僕は……そうでもないかな。どっちかというと、緊張の方が大きかった」

「緊張、ですか」

「うん。やっぱり、ずっとあこがれてきた会社というか、業界だったからね」

ゲーム会社。それも、つぎはぎで成り立ってた古巣じゃなく、あこがれが結集したようなメーカー。しかも、そこにいる人たちも優秀で、いっしょにものを作ってみたいと心から思えるような、そんな場所。

バイトとはいえ、そこに入ることを許されるところまできた。当然ながら、それはすごく緊張することで、今日はずっと、気持ちが張ったままだった。

「だから、疲れは感じなかったし、眠くもならなかった。まあ、家に帰ってから一気に疲れが出るのかもしれないけどね」

竹那珂さんは、僕の言葉に「そういうものですか」と相づちを打ちながらも、

「自分にとっては、たしかに名前はよく知ってるしすごい会社だなーって思いましたけど、そこまで緊張とかはなかったですね」

「それは……すごいね。物怖《ものお》じしなかったってことだもんね」

緊張しすぎて何もできないよりかは、それぐらいフラットな感覚でいられた方がいいような気もする。

「自分あんまし世間を知らないですから。あと、それよりアレですよ！」

「ほら、タケナカはサクシードよりも、先生に会えたことの方がずっとテンション上がってましたから！」

本気で目をキラキラさせて、こっちを見つめてきた。

「あのさ、竹那珂《たけなか》さん」

「はい、なんですか先生」

「とりあえずさ、継続して話し合っていこうって提案もしてもらったわけだし、いったん先生って呼ぶのはちょっとやめ……って、ええっ！」

この恥ずかしい呼び名をやめて欲しいと言っただけなのに、なんか竹那珂さんは急に目を潤ませて、悲しげな顔になっていた。

「そんな～、ダメですかぁ？　自分、先生のこと先生って呼ぶ以外に何も考えてなかったんですけど」

……それはさすがに他の候補案も考えていて欲しかったな。

「いやだから、普通に橋場《はしば》さんとか先輩とか、なんかあるじゃない」

「えー……でも、なんかそれだと、すごく普通の呼び名じゃないですかぁ」

「普通でいいと思うんだけどな……」

「わかりました。じゃあせめて、何か別の呼び名を考えます。30秒で決めますから、ちょっと待っててていただいていいですか？」

「う、うん」

そこに何の特別を求めるのかわからないけど、先生呼びをやめてくれるのだったらと了承した。

竹那珂さんは、30秒間必死にウンウンうなりながら、腕組みをして考え、そして、

「わかった、決まりました！　パイセンで!!」

「は、はぁぁ？」

「いいじゃないですか、先輩よりかはちょっと近い感じで、なおかつ特別な感じもありますし、これでお願いします、パイセン！」

「パイセン、かぁ……うーん」

先生じゃなくなってパイセンかぁ。なんか昔の漫才師のネタであったな、パイセンって。声優さん同士の呼び名でもあった記憶がある。

「じゃ、じゃあ、まあいいよ、それで」

「やったー！　じゃあ今からパイセンって呼ばせていただきます！　これからめっちゃいろんなこと聞くと思うんで、その辺、覚悟しといてくださいね、パイセン！」

「ま、まあ答えられる範囲ならね、うん」

押し切られるようにしてうなずくと、竹那珂さんは「よっしゃあ！」とガッツポーズを

して喜んでいた。

（こんなことがあるんだなあ……しかし）

これまでは、僕のしたことについて評価してくれるのはあくまでも身内だけだった。制作や裏方というのは、そもそもそういうものだ。

最近でこそ、そういう職種にスポットを当てるコンテンツも出てきたけれど、そもそも日の当たらない場所であることに変わりはなくて、表舞台に出てチヤホヤされるなんてあり得ない話だった。

だけどこうやって、実際にできあがったものを追いかけて、ついには追い詰めるところまで来たような子だっている。それは自信にもなり得るし、正直、嬉《うれ》しいとも思う。

（というか）

チラッと横目で彼女の顔を見る。

初対面の印象が強すぎて、改めてその容姿を見ることが後回しになってしまったけど、そのことを申し訳なく思うぐらいに、彼女はとてもかわいかった。

同じ後輩である斎川《さいかわ》とは違って、快活で垢抜《あかぬ》けた感じがストレートに魅力になっている、いわゆるモテそうな感じの子だった。

そんな子に、あこがれだとか会えて嬉しいとか言われて、喜ばないはずがない。だって僕は、中身はくたびれた30前の……。

（だ、ダメだダメだ、平常心を持たなきゃ、うん）

まっすぐに前を見て、心を落ち着かせる。あくまで、彼女は僕のプロダクトにあこがれているのであって、僕自身にどうこう思っているわけじゃない。

それに、今の僕はまだまだ道半ばだ。つい先日だって、これからプロデューサーを目指すぞ、みんなに少しでも近づけるようになるぞと誓ったばかりなのに、こんな秒速でヘラヘラするようになってはあまりに情けなすぎる。

ここはしっかりと気を張って、対応をしなければ……。

「って、え、ええっ？」

肩口に、何か暖かいものが触れたのに気づいた。何かと思って首をそちらに曲げた瞬間、何であるかを理解して、戸惑ってしまった。

「ふぁぁ、パイセン、すみません……やっぱ自分眠すぎるんで、ちょっと駅まで肩貸してください……」

そう言って、彼女は無防備な表情のまま、僕の肩に身体《からだ》を預けて、すやすやと寝息を立て始めたのだった。

（へ、へへ平常心、平常心……!!）

肩口にかかる寝息と、ほんのりとした暖かさにくらくらしながら、僕は真っ暗な車窓をお坊さんのような心持ちで見つめ続けたのだった。

こうしてバイトをするようになって最初の夜が終わった。

◇

シェアハウスのみんなにも、色々とバイトの話をしようと思っていた翌日の朝、朝食の卓で出てきた最初の話題は、

「なあ～聞いてくれよ恭也《きょうや》ぁ！」

貫之《つらゆき》の泣き言だった。

「俺さあ、これでも自分の書く文章には自信があると思ってたんだよ。ほどほどに読みやすく、読み応えのある部分も用意しつつ、それでいてテンポもあるって感じでさ、なんていうの？　いきなり１００点はないにしろ、そこそこいけるんじゃね、って気持ちでいたんだよ、わかるだろ？」

「う、うん、もちろんわかるよ」

「ありがとう！　いや、やっぱ恭也ならわかってくれるよな、うんうん、そうだよ、こうやってわかってくれる奴《やつ》とだな、俺はものを作りたいっていうか……」

「その割には1回逃げたじゃん、あんた」

「うっせえな！　ちゃんと戻ってきたんだからいいだろ！　それよりだよ、見て欲しいも

のがあるんだよ、なあ！」

ナナコの突っ込みにも即座に返しつつ、貫之は封筒から原稿の束を取り出した。

「これって？」

「俺の出した初稿、つまりは最初の原稿に対して、担当編集が付けてきた赤字だ」

いわゆる『戻し』というやつか。

ライトノベルの原稿は、当然ながら初稿ですべての執筆が終わるわけではない。もちろん、中には初稿の段階でとんでもない完成度を誇る作家もいるけれど、大概は2稿、3稿と手を加えていき、完成までに改稿を重ねていく。

だから、初稿の段階では、大きめの直しが入ることも珍しくない。それを前提で、進行している作品も多いと聞いたことがあるんだけど、

「つまり、赤字がたくさん付けられたってこと？」

貫之は無言でうなずいて、頭をかきむしった。

「あ――――っ、そうなんだよ!!　文章の書き方セリフの書き方から、シーンの位置から内容から、ほぼ全部真っ赤になって返ってきたんだよ！　そりゃおまえ、自信もなくなるってもんだろ、これはよ！」

「あー……」

まあ、やっぱりそういうことだったんだな。

「いや、俺だってさ、別に直したくないとか言ってるわけじゃないんだよ。ちゃんと直すところは直すし、プロの水準に追いついてないところはちゃんとしようって思ってるんだ。でもよ、なんかこう……つらいんだよ、書き方が」

ナナコが原稿の束を手に取り、パラパラとめくって「ひっ」と声を上げた。

「え、ここの書き方こわい」

「何て書いてあるの?」

ナナコは該当箇所を手で示すと、

「大きくバツ印がページ全体に付けてあって、『もう一度しっかり読み直してください』ってだけ書いてあるの……」

「わ、それはこわいな」

具体的に修正の指示が書いてあるのならまだいいけど、一帯全部おかしいから読み直せと言われたら、プライドはきっとズタズタになるだろう。

「ああ、そこもキツかったけどな、最後の方の章なんか、とりあえずここはまだ読まないので、前半をなんとかしてくださいって書いてあったぞ」

「う……なんか、あたしまで胃が痛くなってきた」

ガックリと肩を落とす貫之《つらゆき》。

ちょっとかわいそうなぐらい、落ち込んでいるのがわかる。

みんながどんよりする中、シノアキは心配そうな顔で貫之を見ていた。

「シノアキ、そういやどうしたの、何も言わなかったけど」

「あ、うんその……なんか、同じライトノベルのお仕事やのに、全然違うもんなんやねって思って」

シノアキはいつも通り、ニコニコと笑いながら答えた。

「え、シノアキのとこは、こんなんじゃないのか、赤字修正って」

「そうやね、直してくださいってのは時々あるけど、それもちょっとしたとこぐらいかなあ。基本的には、いいですねって感じで褒めてくれるよ～」

「そ、そうなのか……いいな、シノアキ」

貫之は絶望の表情のまま、頭を抱えた。

「なあ恭也《きょうや》、俺もう……ダメかもしれねえ。ここまでがんばってきたけど、俺って」

「もう、しっかりしなよ。ここまできちんと読み込んでくれてるなんて、めちゃくちゃ熱心な編集さんじゃん。むしろ恵まれてるよ」

以前の職場で、ライトノベルの執筆経験のあるシナリオライターさんと話をしたことがあった。

それによると、ただやんわりと褒めるだけで何の修正指示も出さない担当編集というのもいるらしく、その手の人に当たると、すべての責任が自分に来る分だけめちゃくちゃ大変だという話だった。

たしかに、一見すると赤字の多い編集さんは付き合うのが大変に見える。しかし、そうやってクオリティを上げることによって、作家としての評価は確実に上がる。長い目で見れば、よほどの天才でもない限りはその方がいいはずだ。

「だから、ここはつらくてもがんばった方がいいって。きっと、そういうクオリティアップにつなげられる作家なのかどうかって部分も、見ているんだと思うよ」

「そ、そうか……?」

貫之《つらゆき》も、やっとのことで気持ちを入れ替えたようだった。

「よ、よし、じゃあちょっとがんばってみるわ。たしかに恭也《きょうや》の言う通り、新人賞を取って浮かれてる気持ちをたたき直してくれてるって思えば、やる気も出るよ」

「そうそう、ぜったい負けねえって気持ちでいけば、きっと大丈夫だって」

「わかった、やるよ……絶対に勝ってやる、いいもの作って納得させてやるよ!」

やっとのことで、貫之の目に光が戻った。

まあ、こうやってみんなに愚痴を言ってる段階なら、まだ全然、軽傷のうちに入るだろう。これが、誰にも言わずにため込んでくると、前のようなアクシデントにつながる。

(もう2度と、あんなのはごめんだ)

自分も、そしてみんなも、互いに依存しないように、自分のその先を見て。そうしていければ、もうあんな悲しいことは起きないはずだから。

「あ、そういえばさ、恭也」

話を変えるように、ナナコが口を開いた。

「コラボの件で、ちょっと相談があって」

「え？　でもそれって、もう返事出したんじゃなかったっけ」

この春頃から、ナナコにはニコニコ動画でのコラボの話が相次いでいた。つい先日もその相談があって、僕なりの考えと、返信のアドバイスをしたところだった。

だから、その件についてのことだと思っていたのだけど、

「ううん、それじゃなくて。もっと別の話が来ちゃってさ」

「もう次の話が来たの、すごいじゃないか」

ナナコもすっかり人気の歌い手になってきたようだ。これだけ間を置かずに打診が来るようなら、そろそろ相手を厳選してもいいのかなと思っていた。

「ガジベリPって人なんだけど」

「そう、ガジベ……」

ナナコから言われた名前を反芻《はんすう》して、その直後、思いっきり声を上げていた。

「えええええっ、ガジベリPから!?」

「え、な、何っ？　そうだけど、それが……？」

ナナコも、そして他の2人も、僕の声に驚いている。

（いや、だってその人……10年後、とんでもないことになるんだぞ）

元々、ニコニコでボカロ曲をアップしていた彼は、興味を持ったレーベルからアイドルのプロデュースを依頼され、そこから一気に楽曲が注目を浴びるようになる。

僕のいた未来では、たしか年末の歌合戦に出るとかいう話がすでに出ていた。

N@NA《なな》も大スターだけど、ガジベリPはニコニコ発というカテゴリで言うなら、同じか、それ以上のカリスマ的な存在だった。

（あ、でも今は、まだそれほどの存在じゃないのかな）

たしか、彼のボカロ曲が連続で100万再生を超え始めたのは、2008年の年末ぐらいからのはずだ。それまでは、言い方は悪いけど泣かず飛ばずで、目立った活動もなかったような記憶がある。

だからこそ、みんなが僕の驚きようにピンと来ていないのも当然の話ではある。

「いや、その……ガジベリP、いい曲書くんだよね。だから名前、覚えててさ」

「え、そうなんだ。あたしあんまり詳しくないから、誰だろうって」

……やっぱり、まだそれぐらいの知名度だったか。

「でも、ナナコが大変じゃなければ、コラボを受けておいた方がいいと思うよ。きっと、後になっていいつながりになるだろうし」

「ふぅん、そっかあ」

ナナコはやはり首をかしげていたが、やがて、

「恭也《きようや》が勧めてくれたことだし、やってみよっかな」

前向きに考えることにしてくれたようだった。

「でも、ちゃんと最後は自分で考えるんだよ。僕が言ったから、じゃダメだからね」

「はぁーい、それはちゃんと曲を聴いてからにしまーす」

そう、ここでもあまり依存が過ぎてしまうと、ゆくゆく変なことにもなりかねない。あくまでも僕はアドバイスぐらいにしておかないと、自主性を奪ってしまうことになる。

「なんか、みんなええ感じにがんばってるんやねえ」

シノアキがにっこりと笑って、僕に言う。

「うん、やってきたことがつながってきたよね、きっと」

次は僕がみんなを引っ張っていけるように強くならなきゃいけない番だ。

(言うのは簡単だけど、できるかどうかだよなあ)

サクシードでの経験が活《い》きるのかも、僕のがんばり次第だろう。

◇

朝食を食べ終わり、みんなはいつも通り自分の作業へと戻っていった。僕は昼からのバイトが控えていたので、少し早めだけど支度をして家を出ることにした。

河川敷から駅までの道を歩いていると、電話がかかってきた。

「河瀬川《かわせがわ》だ」

何か用事なのだろうかと通話ボタンを押した。

「もしもし、どうしたの、何かあった?」

すると、妙に低い声で、向こうから声が返ってきた。

「用事がないと、貴方《あなた》に電話しちゃいけないのかしら」

思わず笑ってしまった。

「ちょっと! 何がおかしいのよ」

「ごめんごめん、それで?」

河瀬川は、元々機械に弱いこともあって、電話をかけてくるときは何か用事があるときにほぼ限られていた。

しかし、僕らが共同で作品を作ることもひとまずなくなり、それぞれの活動を始めた頃合いに、ふと彼女から電話がかかってきた。

その頃の僕は当然のように、彼女に言った。

『もしもし、河瀬川どうしたの、何かあった?』

　すると、大きなため息と共に、

『何か用事がないと電話しちゃだめなの？』

　と返ってきた。それ以来、河瀬川は特に何ということのない用事でも、時々こうして電話をしてくるようになったのだった。

「貴方って、いい人だけどそういう意地悪を言う人よね」

「う、うん、否定は……できないかな」

　まあ、こんな河瀬川の反応を見て楽しんでいるんだから、あまりいい性格はしていないと自分でも思う。

「それでね、話なんだけど」

　河瀬川の用事は、今やっているバイトについての相談ごとだった。

　彼女は前にも言ったとおり、映画制作の会社に助監督としてバイトに出ていた。そのことで、多少驚いたことがあったのだという。

「通用しないのよ、学生程度が勉強した内容じゃ、何も」

　現場に出て、ひとまずある程度の用語や用法は覚えていても、それらの応用や現場レベルでの使い方については、場所ごとに仕様が違っていたりして、決してアドバンテージにはならなかったそうだ。

「学科でやったことだから、スムーズに手伝いができるって思ってたけど……甘かったわ。

また最初から勉強し直しよ」

「そっか、つらいね」

「まあ、勉強は楽しいからいいわ。それよりもっと深刻なのは、現場の空気よ」

「空気？　悪いの？」

聞くと、河瀬川《かわせがわ》は大きくため息をついて、

「うん。まあ、現状からすればそうなるわよねって感じだけど」

彼女のいる映画制作の会社では、本来ならば劇場公開レベルの作品も作れるポテンシャルを持っていた。

しかし、邦画が不況にあえいでいる中、なかなかそんなレベルの作品ばかりを作れる状況にはなかった。だから、まだ需要のあるＣＭの仕事などを手がけるようになったのだけど、元々映画をやりたくて会社にいるスタッフが、不満を公に口にするようになってきたのだという。

「気持ちはわかるけど、それを表に出されても困るよね」

「そうなの、それで下の方のスタッフはどんどん暗くなっちゃって」

河瀬川と同期で入った３人のスタッフも、２人が辞めてしまったらしい。

「それで、河瀬川もちょっと落ちてるの？」

この流れなら、ひょっとしたらそうなのかと思ったところ、

「わたしが？　まさか。むしろ辞めるなら早い方がいいって思ってるぐらいよ。いっしょにされちゃ困るわ」

全然、その点の心配はないようだった。

「ま、だから最近は直接言ってるの。誰もやりたがらない演出の仕事があったらわたしにくださいってね。さすがにまだ仕事は来ないけど、言い続けてたらひょっとしたらってのもあるし、みすみすチャンスを失いたくないじゃない」

それどころか、さすがの河瀬川だったようだ。

「それで？　貴方《あなた》はどうだったの、ゲーム会社でしっかりやってるの？」

ひとまず、最初の印象は上々だった旨を伝えた。

「いいじゃない。バイトにも機会があるかもしれないなんて、いい会社ね。わたしも今の会社がつぶれたら、紹介してもらおうかしら」

「河瀬川がゲーム会社、か」

「別に珍しくもないでしょう。最近はゲームでも映像演出を重要視する作品が増えているって聞いてるし」

この視野の広さがあればこそ、未来で出会った河瀬川がいたのだなと思った。ひょっとしたら、この先の未来でも、ゲーム会社で働く彼女を見ることができるのかもしれない。

「じゃ、ひとまず貴方も心配なさそうね。よかったわ」

「心配してくれてるんだ」

「当たり前でしょ。貴方《あなた》が助けて欲しいって言った言葉、忘れてなんかやらないから」

正直、その言葉はちょっと胸に響いた。

「……ありがとう」

「いいのよ。お互い、ため込まないようにしましょ。それじゃ」

あっさりと電話が切れた。僕はまた、駅への道を歩き出した。

学科では群を抜いて優等生だった彼女も、本来ならエリートコースのはずの映像制作の現場で、つらい現実を見せられている。決して、本人の努力でどうにかなる部分じゃないところが、悲しい話だ。

「でも、がんばってるな、河瀬川《かわせがわ》は」

普通なら悲観しそうなところを、彼女は自分なりに何かしようと考えている。それは間違いなく、僕の勇気にもつながっていく。

みんなが成功の糸口をつかんで、それで楽しげに未来を語る姿を見て、正直なところさみしいと思っていた。

でも、こうやってそれぞれに話を聞いてみたら、当然ながらみんな考えていることや詰まっていることがあって、なんとかそれから先に行こうとしていて。

ちっぽけな場所で止まっている自分が、とても恥ずかしかった。

「がんばろう、まだまだ遠いけど」

せっかく、スキルを手に入れられる環境ができたのだから、少しでも早く確実に、先へ進めるように努力していこう。

竹那珂《たけなか》さんがあこがれるような本物の何かに、はやくなりたいと心から思った。

「恭也《きようや》くん、恭也くん」

誰かの声が聞こえる。身体《からだ》も揺すられている。声はとても優しくて、揺り動かしている手も温かい。

だから、ずっとこのままでいいかもなんて、まどろむ中で一瞬思ったんだけど。

「……はっ!」

目覚めと共に、寝る前の記憶が一気に戻ってくる。

昨日は、遅くに帰ってきたそのままに、ずっとレポートの課題を片付けていた。結果、あまり寝ることができずにバイトの時間が近づき、少しだけ休もうと居間で横になったら、そのまま熟睡してしまったようだった。

「ずっとアラームが鳴ってったから、どうしたんかなって下に降りてきたんよ。そしたら恭也くんが寝とったから、起きるのかなって思って」

携帯を見ると、アラームが鳴り続けていた痕跡があった。シノアキの気遣いがなかったら、そのまま眠り続けていたに違いない。

「ありがと、起こしてもらわなかったら終わってたよ……って、今何時だ?」

あわてて、もう一度携帯を見る。いつも乗っているバスの時間は過ぎていたけど、今から急いで出れば次のバスには間に合いそうだった。

遅刻になるのは確実だけど、それでもなるべく早く着くことはできる。

「っと、ごめん、急がないとやばいから、もう出るね！」

立ち上がって身体をうーんと伸ばすと、脇に置いてあったカバンを引っかけ、そのまま玄関へと走った。

「気をつけて行ってくるんよ～」

うしろからは、なんとも落ち着く優しい声。ひらひらと手を振ってくれるその見送りに応えながら、僕は家から飛び出した。

家からバス停までの距離を、息せき切って走る。駅までのバスには、なんとか乗ることができそうだった。

「っし、間に合いそう！」

明らかに遅刻の方がヤバいので喜びも半分だけど、これで少しは時間が短縮できる。なんせ、駅までの道は歩くには遠いし、バスも頻繁に出ているわけじゃない。ほとんど乗ることはないけれど、タクシーなんて駅前ですら見かけないほどの田舎だ。

滑り込みでバスに乗り、いちばんうしろの座席に座る。ホッと息をついたところで、シノアキにお礼のメールを送った。

『なんとかバスに間に合った　ありがと』

『よかったね〜。お疲れなんかな。気をつけてね〜』

音声で再生されそうなメールが、すぐに返ってきた。ふたたびお礼のメールを返したあと、もう一度息をついた。

「シノアキが声をかけてくれなきゃ、ほんと夕方まで寝てたな」

おかげで、いつもの出発時間より30分程度の遅れで済んだ。とはいえ遅刻には違いない。次からはもっと確実に起きられるよう、無茶《むちゃ》な仮眠は避けることにしよう。

ホッとして、窓の外の景色を眺める。まだ肌寒かった4月もやっと後半になり、少しずつ暖かくなりつつある頃だ。見た目にも、緑の割合が増えているように思う。

「これで2週間……あっという間だ」

指を折って、バイトを始めてからの日数を数える。

まだまだもちろん不慣れだけど、なんとか勤務日数も2桁に乗せられた。あとは、業務にしっかり慣れて、本当に役に立てるようにがんばらないといけない。

「そこから先、だよなあ」

もちろん、ただバイトをこなすだけじゃだめだ。仕事の仕組みを覚えたら、しっかりと自分から行動し、ゆくゆくはプロデューサーとしてのスキルへとつなげないといけない。

ただ与えられた仕事をしたいだけなら、もっと楽なバイトをすればいいのだから。

「……がんばろ」

遅刻してる場合じゃないと、頬《ほお》をたたいて気合いを入れた。

◇

会社について早々、すぐに堀井《ほりい》さんのデスクへと向かった。

「すみません、遅刻しました。申し訳ありませんでした！」

あの後、なんとか電車の乗り継ぎがうまくいったこともあって、当初の30分の遅れはかなり解消できた。

とはいえ、結果的に10分の遅刻は覆せなかった。

「お疲れ様。昨日も帰りが遅かったしね。茉平《まつひら》くんにも伝えておいて」

「わかりました」

初めての遅刻ということもあってか、特に叱られずには済んだ。

(けど、これで安心なんてしてられないよな)

時間に対してルーズ、という印象はついてしまったかもしれない。それに経験上、この手のことはわかりやすく叱らない人ほどこわい、というのもわかっている。

次からは本当に気をつけようと誓いつつ、茉平さんのデスクへと向かう。

「はは、昨日帰ったあとに徹夜で課題とかしてた？　あるよね、そういうの」

茉平《まつひら》さんも、いともあっさりという感じで笑い飛ばした。

「茉平さんも、そういうことってあったんですか？」

「いや、僕は課題をもらった当日から分散してやるタイプだったから、徹夜でまとめっていうのはなかったね。そういうことをしてる友人もいたけど」

それはそうですよね、という感じの回答だった。

「それより、体調はどう？　あまり寝てないんだったら、無理はしないようにね」

「大丈夫です、電車の中で寝たので、眠気もありません」

「そうか。と言っても、油断していたら壊すのが体調だ。きついなと思ったら早めに連絡してね」

後輩の、しかも遅刻してきた人間に対して、ありがたい気遣いだなと思った。これだけしっかりした人だと、できない相手に対していらだったりもするだろうに、そういう感じは微塵《みじん》も受けなかった。

「はい、ありがとうございます」

素直に頭を下げて、そういやと疑問に思う。

「あ、そうだ。竹那珂《たけなか》さんはまだかかな？」

「そういや、彼女もまだ来ていなかったね。遅刻する連絡はなかっ……」

言いかけたちょうどその瞬間、

「お、おはようございます!! あ、いえ、すみません! ぜんっぜん早くなかったです、申し訳ございません!!」

その当人が、髪をボサボサにしながら、息せき切って開発部に飛び込んできた。あまりのあわてぶりに、開発部全体から笑い声が起こった。

「え、あの、あの! ほんとにごめんなさい!!」

突然のことに、なおもうろたえる竹那珂さん。

僕と茉平さんは、その様子を見て笑いつつ、そっと息をついた。

「それじゃ、今日の仕事、始めようか」

「はいっ」

◇

「う〰〰〰っ、タケナカ、ほんとやらかしました。聞いてくださいよパイセン、今日は朝からコンタクトの洗浄液をダバァってこぼしたり、お米炊くときの水の量を1合分間違えてベショベショにしたり、PSのコントローラの右のぐりぐりがバカになったり、かんっぜんに厄日としか言えなかったんですよね。因果応報なんでしょうか、これ。自分、けっこう募金とかしてるんですけどね」

「気の毒だったね。あ、そこ22番からのチェック、1個ずつずれてない？」

「えっ、わっ！　ほんとだ！　さすがパイセンです、感謝です!!」

表計算ソフトのファイルを凝視して、ポコポコとキーを素早く打って直す。注意力はちょっと散漫なところもあるけど、ＰＣの扱いにはとても慣れている子だった。

「いつも思うけど、キータッチ速いし確実だよね」

「そりゃそうですよ、自分ネトゲで廃プレイしてましたからね。ＰＣＯってパイセン知ってますか？」

「うん、もちろん」

国内、いや世界レベルで見てかなり有名なＭＭＯＲＰＧだ。

「タケナカ、あれで１００人ぐらいいるギルドのリーダーだったんですよ」

「えっ、そ、それって高校生のときに、だよね？」

「ですよ～。で、そこでバカみたいにたくさんチャット打ったりメールしたりしてたら、キーボード打つのクッソ速くなってました！」

キャッキャと笑いながら、竹那珂《たけなか》さんはバグ報告の文章を手元を見ないまま打ち込んでいく。よそ見しながらのこの速度は、明らかに速い。

「あ、それでパイセン、次のバグいきましょうか」

「う、うん。ちょっと待ってね」

手元の資料を見ながら、手に持った携帯電話をポチポチと操作する。

「じゃあ次。七並べのプレイ中に手元のカードを選択して解除してを繰り返すとフリーズする、確認します」

「はーい」

僕らがこの2週間、ずっと取り組んでいる仕事。それはわかりやすく言ってしまえばデバッグ作業だった。

今のサクシードでは、コンシューマ機でのゲーム制作が一段落していたところで、合間に進めていた携帯電話アプリの開発が主な事業だった。

最初は、穴埋めで少しもうけが出ればという感覚だったそうだが、予想以上に携帯電話での暇つぶしを探していた人が多く、瞬く間に高収益事業となった。

会社というところは、当然ながら、コストが低く収益の高い事業に熱を入れる。サクシードでも、携帯電話アプリを強化せよというお達しが、すぐに出されることとなった。

そして僕らは、そのドル箱タイトルとも言える、『トランプゲーム50』の最新版で出てきたバグの、そのさらに修正したものの再チェックという仕事をしていた。

「あ、これ大丈夫そうだね。ひとまずOKのチェック入れておいて」

「わかりましたっ」

竹那珂《たけなか》さんが大きくうなずいて、仮ＯＫの意味である水色のチェックを入れる。これが再度の検証で問題ない場合、青色に変わる。

全体を通し、２回の検証を終えたらそのシートをデバッグ班に戻す。そこで再度確認して問題がなくなれば、新バージョンとしてリリースされるというわけだ。

「なんか、思ってたのとちょっと違いました」

竹那珂さんが不満そうに口をとがらせる。

「またその話？」

僕は苦笑しながら応える。

「だって！　せっかく最先端のゲーム開発会社に入ったのに、ここんとこずっとトランプの柄しか見てないんですよ！　もっとこう、ＲＰＧとかアクションとか、そういうのを触れるって思ってたのに！」

「トランプゲームだって見事に最先端だよ。特にこれは、ＵＩもしっかりしてるし、クオリティも高いよ」

「それは……わかりますけどぉ」

やっぱり竹那珂さんは納得しきれていないようだった。

僕だって、竹那珂さんの立場だったらきっとガッカリしていたに違いない。サクシードで仕事をするとなれば、大型のＲＰＧとか、アクションとか、最近になってヒットを飛ばしたシミュレーションとか、そういうジャンルの、しかもコンシューマゲームを触れると思っていただろうからだ。

でも、大人になって社会人を経て、時間の使い方が大きく変わったあと、このシンプルなトランプゲームの評価が大きく変わった。会社帰りや空いた時間、なんとなくさっと触って短いプレイ時間でも楽しめる、そんなエンタメが見事に商品として成り立つのだとわかったからだ。

(価値観が変わるのって、ほんとに楽しいんだよな)

このゲームの手伝いをする際、部長の堀井《ほりい》さんからかけられた言葉が印象的だった。

『橋場《はしば》くん、君は検索サイトで【暇つぶし】と入力したことがありますか？』

学生の頃は一度たりともなかった。

『では、これを覚えておいてください。暇つぶしというワードを検索する人は、世の中に案外たくさんいるんですよ』

僕らみたいに、クリエイティブを学業や仕事にしていると、暇なんてものは発生しにくい。したとしても、本を読むなりゲームをするなり、自分でやりたいことは見つけられる。普段から興味を持っている領域だから、特別調べなくても情報は入ってくるからだ。

でも、普段別のことをしている大多数の人からすれば、時間をつぶすために何をするかは、改めて調べなければわからない情報となる。だから、【暇つぶし】という検索ワードが上位に入ってくる。

しかもそういう人たちは、ゲームに大量の時間を消費しないことの方が多い。結果、すぐにパッと遊べてパッとやめられるゲームを求めるようになる。

その需要に応えたのが、『トランプゲーム50』だった。そして狙い通り、このゲームはゲーマーからほぼ無視されながらも、相当高い収益を上げ続けている。

「違った視点を持つことって大切だからね。今後企画をやるんだったら、その目は持っておくと損はないはずだよ」

「うーん、そういうものなんですかね……」

手元の携帯でトランプゲームを遊びながら、竹那珂《たけなか》さんは首をひねっている。まあ、彼女たちの世代が社会の主軸になる頃には、状況も変わっているのかもしれない。

「なんかでも、同じバイトなのにリーダーとは全然やること違うんですね」

「茉平《まつひら》さんのこと？」

竹那珂さんは大きくうなずいた。

「だって、すごくないですか？　タケナカたちがポチポチカチャカチャやってる間に、なんかアメリカとかロシアとか、いろんな国の人と電話してましたし、こないだだって、『エクソダスフロンティア』のディレクターが、アイデアが欲しいって直接相談に来てたんですよ。マジやばいですよ、それ」

『エクソダスフロンティア』は、PS2で発売されたファンタジー系シミュレーションで、コンシューマ機のソフトでは続編を待たれるシリーズの1つだった。

そのディレクターともなれば、もちろん花形と言える。キャリアもしっかり積んでいるはずのそんな人が、学生のバイトに助言を求めるのは、たしかに異常と言えた。

少し離れたところに座っている、茉平さんを眺める。

いつものように、涼しげな表情で電話をしている。流暢《りゅうちょう》な英語で相手としゃべりながら、手元ではずっとキーボードをたたいている。背筋は常にピンと張っていて、他の猫背の社員たちとは一線を画している。

茉平さんは僕らを始めとする学生バイトのリーダー的な役割で、困ったことや相談ごともすべて彼に話す仕組みになっていた。

慣れない仕事で覚えが悪かったり、時間がかかったりして迷惑をかけることも多かったけど、それらに対してスマートに対応する茉平さんは、率直に言ってかっこよかった。

部長である堀井《ほりい》さんも、茉平さんには全幅の信頼を置いているようで、語学力と対人スキルを買って海外の開発スタジオとの連絡役に抜擢《ばってき》したり、企画会議にも積極的に参加させたりと、すでに社員以上の扱いをしていた。

10年の経験と知識のある僕であっても、彼はちょっと別の次元にいるように思えてならなかった。

「パイセンもあこがれます？」

その仕事ぶりをいっしょに眺めていた竹那珂《たけなか》さんの問いに、

「うん、ああなりたいね」

僕も素直に、うなずいたのだった。

◇

「長くやってるだけだよ、全然そんなことはないから」

休憩時間、竹那珂さんが「すごいです！」と茉平《まつひら》さんをいつものノリで持ち上げたところ、当の本人は苦笑交じりに否定をしたのだった。

「え、でもバイトなのにめちゃくちゃ重要な仕事をしてるじゃないですか！　それって普通に優秀だからじゃ」

「うーん、でも考え方によっては、長く働いても重要な仕事を任せてもらえない方が危ないってことにならないかな」

「ぐぇ……」

ド正論のパンチを食らい、竹那珂さんはうめいた。

「はは、ごめん、言い過ぎた。でも、日々学んでいることが実感できれば、次第に高度な仕事ができるようになってくるものだと思うよ」

「そういうものですか……」

竹那珂さんは、上目遣いで茉平さんを見つつ、ペットボトルのお茶をチビチビと飲んだ。

勉強しなきゃ、という気持ちがこれで出てくればしめたものだ。

(ていうか、この人って)

以前に少し思っていたことを、口にしてみる。

「茉平さんは、その」

「ん、なんだい?」

「大学って、どちらなんですか?」

この働きぶりと思考からして、少なくとも芸術系の分野であるとは思えなかった。

だから、おそらくは関西でも有数のいい大学なのかなと身構えていたところ、

「ああ、僕は京国大《きょうこくだい》だよ。経済学部」

よりにもよって、関西最強の大学名が出てきてしまった。

「きょ、きょきょ京国大生なんですか!?」

僕よりも先に、竹那珂さんが驚きの声を上げた。

「うん。まあでも、成績は中程ぐらいだし、特にたいしたことはないよ」

いやいやいやいやいや。たいしたことありますから、充分すぎるぐらい。

関東と同じように、関西にも当然、大学のヒエラルキーというものはある。

私立ならば関関同立という揺るぎないブランドがあり、国公立だと、大阪《おおさか》、京都にそれぞれ旧帝大の流れをくむ大学がある。

京都国立大学《きょうとこくりつだいがく》、通称京国大《きょうこくだい》は、その旧帝大の中でも関西で最も偏差値の高い、日本全体でみても東京の東京国立大学《とうきょうこくりつだいがく》に次ぐと言われる存在だった。

（そりゃ、複数の言語でしゃべるハイスペックな人間にもなるよね）

大学名だけで判断するのは間違っているけど、それでもこういう実例を見せつけられると、やっぱり関連性はあるんだなと思い知らされる。

「たしかに名前の知られている大学だけど、だからといって、通ってるだけで何かが身につくわけじゃないからね。要はそこで何をするか、だから」

言葉にもいちいち含蓄がある。

これを社会人になる前にしっかり言えて、しかも実践もしているなんて言われたら、実質アラサーの僕なんか吹き飛んでしまう。

「いやでも、やっぱり茉平《まつひら》さんはすごいです」

本当に尊敬が極《きわ》まると、語彙力が低下するのだなと思った。何というか、非の打ち所のない人を前にすると、こんな陳腐な言葉しか言いようがないのだなあと。

「前にも言ったけどさ」

茉平さんは僕らを交互に見ると、

「僕は元々クリエイティブの畑にいた人間じゃないから、そういうことをしっかり勉強できる君たちがうらやましいんだよ」

「芸大の環境が、ですか？」

「うん。だって、そこでやっている授業なんて、京国大のそれとはまったく違うものだろうからね」

それはまあ、当然そうなるだろうけど……。

「ま、こういうのはない物ねだりだからね。結局のところ、お互いに尊重し合って足りないところをしっかり受け持てるようにがんばろうってとこじゃないかな」

「はい、がんばります」

僕も竹那珂《たけなか》さんも、子どものようにうなずくしかできなかった。

「よし、じゃあ休憩も終わりだし、戻ろうか」

茉平さんは、いつも通りのさわやかな笑みを残して、休憩室を先に出ていった。僕らもあわててそれに付き従う。

（そうだよな、できることを……しないと）

彼と話しながら、僕はシェアハウスのみんなのことを思い出していた。

他人をうらやむ前に、まずは自分でできること、だ。

　この日のバグチェックの作業は、夕方には一旦終了となった。致命的な修正漏れもなく、追加の作業などもなかったからだ。

◇

　上がっていいですよ、と部長に言われ、帰り支度をしていると、

「ね、パイセン。今日って時間ありますか？」

「うん、特に差し迫った用事とかはないけど、何かあるの？」

　返事をすると、竹那珂《たけなか》さんはニィッと笑顔を作って、

「それじゃ、ちょっとなんばの辺りでも歩きません？　自分、あんまあの辺ってよく知らないので、案内してもらおうかなって」

「あれ？　竹那珂さんって地元の子じゃないの？」

　意外と言えば意外だった。

「そりゃそうですよ、このナチュラルな標準語からして、関西人じゃないってモロわかりじゃないですか」

　いや、ノリは完全に関西そのものだと思ったけど。

「いいよ、じゃあ行こうか」

「やったー！　パイセンとぷちデートだ！　どこ連れてってもらおっかな～」

「ちょ、ちょっと案内するだけだから！」

周りのスタッフさんたちがクスクス笑っている。

みんなの視線を集める中、僕は茉平《まつひら》さんに作業報告書を手渡した。こういうところがデータじゃなくて紙に書いての報告になる辺り、10年前の世界なんだなと実感する。

「それじゃ、お疲れ様。また明日もよろしくね」

「茉平さんは、今日も残業ですか？」

確認すると、いつものように苦笑交じりで、

「うん、ローカライズの翻訳テキストがあまり良い品質じゃないらしくてね。これから朝までかかって総チェック、かな」

「た、大変ですね……」

翻訳文はその国のエージェントに依頼をして受け取るという間接的な方式になっていて、時々こういう事故が起こる。お国柄もあるのだろうけど、細かいニュアンスの部分については対応してくれないことの方が多い。

「本当に無駄が多いよね、開発っていうのは……」

一瞬、茉平さんの表情が曇った、ように見えた。

「はは、愚痴が出るぐらいには疲れてるみたいだね。それじゃ、お疲れ様」

「は、はい」

本人の言うように、たぶん疲れていたからそう見えたんだろう。

◇

東梅田《ひがしうめだ》から、御堂筋《みどうすじ》線に乗って3駅。心斎橋《しんさいばし》からなんばにかけての一帯は、大阪《おおさか》でも随一の繁華街だ。大阪在住、もしくは関西圏に馴染《なじ》みのある人間なら、当然知っているレベルの有名な場所なのだけど、

「自分、ずっと神奈川《かながわ》だったんで、その辺ほんと知らないんですよ～」

とまあ、ほぼ関東から出たことがないという竹那珂《たけなか》さんにとっては、グリコの看板のあるところ、ぐらいの認識しかなさそうだった。

「神奈川出身だったら、東京《とうきょう》には行ったことあるんだよね？」

「はい、あざみ野《の》ってとこに実家があるので、渋谷《しぶや》とかしょっちゅう」

ああ、あの辺か。たしか田園都市《でんえんとし》線が通ってるとこだ。

以前に経験した、登戸《のぼりと》での生活。小田急《おだきゅう》を使って通勤をしていた中で、ときどき事故などがあった場合は、乗り継ぎをしたことがある。

「めちゃくちゃ混んでたんじゃない、電車」

「はい！　もう死ぬかってぐらいバカ混みでした。ってパイセン、なんでそんなこと詳しいんですか？」

っ、しまった。つい油断して10年後での経験を……。

「友だちがその、住んでてね。ヤバいって話はよく聞いてたんだよ」

「あ、そうなんですね！　ほんとシャレにならないんですよ、特に溝《みぞ》の口《くち》とかあの辺で駅員さんが客を押し込んだりして……」

なんとか話がそれたようで、安心した。

ここのところ、シェアハウスのメンバー以外とこうやって親しく話すことがなかったから、気をつけないと。

「渋谷がわかるんだったら、なんばは渋谷みたいな街だから、すぐになじめるかもね」

この辺、諸説あるので絶対ではないけど、そう大きく外してもいないはずだ。

「へー、なんばってあんな感じなんですね。じゃあ心斎橋は？」

「うーん、並んでる店とかからしたら、銀座《ぎんざ》とかになるのかなあ」

これも諸説あるのでなんともだけど。

「銀座ですか！　じゃあタケナカみたいな子どもにはまだ早いですね～」

「あ、でもアメ村の辺りとかだったら普通になじむと思うよ」

「アメ村？」

「うん、アメリカ村っていう地域で、原宿《はらじゆく》と渋谷《しぶや》の間みたいな……って、やっぱたとえるの難しいな、これ」

大都市は比較的その性格が区域ごとにはっきりするので、大まかな分類で似た街を示すことはできるけど、細かいところまではさすがに難しい。

特に大阪《おおさか》は、隣接しているのに街の性格がまったくちがう、というところも多い。今例に出した心斎橋《しんさいばし》にしても、筋が1つ違うだけで客層も大きく変わってしまう。

「って言ってたらほら、着いたよ」

なんば駅を降りてすぐ、地上に上がったところで大きく景色が広がる。向かって左の方に新歌舞伎座《しんかぶきざ》があり、正面にはできたばかりの大きなデパートと映画館がある。

「わ、さすがにめっちゃくちゃ人いますね！」

たしかに、予想していたよりもずっと大勢の人で賑《にぎ》わっていた。

大阪は、わかりやすく言うと梅田《うめだ》から天王寺《てんのうじ》までの御堂筋《みどうすじ》線沿いに繁華街が集中していて、他の街はその支線のようになっている。

だから、新しいものを知りたいと思ったら、梅田からなんばまでの辺りを見ていけば済むし、全長でも数キロぐらいしかないので、のんびり歩くのにもちょうどいい。

「だから、心斎橋まで歩けば何か……あれ？」

映画館の隣、人通りの中心にある戎橋《えびすばし》通り。

その付近で、何かのイベントが行われているのに気づいた。

「どうしたんですか、パイセン」

「いや、ちょっとあの辺りが気になって」

さっきも言ったとおり、この辺りは新しいものが常に発信されているため、新商品のお披露目《ひろめ》やリサーチなんかもよく行われている。

だから、普段なら何かイベントが行われているからといって、特に気にとめたりもしないのだけど、勘とでも言うのだろうか、そのときは妙に気になってしまった。

「っと、ここか」

壁際に掲げられた大きなパネルには、大阪府私立大学◯◯協賛といった文字と共に、いくつかの学校名が掲げられていた。

そしてその前では、赤青緑黄色と、原色を使いまくった衣装に身を包んだ女の子たちが、何かパンフレットやお菓子などを配っていた。

「大学の……紹介？」

見ると、パンフレットにはオープンキャンパスの日程や入試案内、大学の授業についての説明などが書かれていた。

「へえ～今ってこんなこともしてるんですね。少子化の影響ってやつでしょうか」

「ていうことだろうね。高校の進路指導室に資料を置いてるだけじゃ、誰も来てくれないから」

元いた時代ほど深刻ではなかったけれど、それでも学生数の減少はどこの大学においても懸案事項だ。

あの手この手で新入生を確保したいという思いから、各都市の繁華街でもこの手のイベントが開かれるようになり、なんとか大学に興味を持ってもらおうとしていた。

「あ、これって大芸大《だいげいだい》も協賛してるっぽいですよ」

パネルの文字を目で追っていた竹那珂《たけなか》さんが、気づいたように言った。

「へえ、それじゃ……」

ここで、ふと頭をよぎった。

大学のイベント、大芸大も協賛。何かそういったイベントがあったとして、そこでパンフレットをにこやかに配るとしたら……誰だろう。

「はーい、こちらいかがですか？」

ぼんやり考えていたら、輪の中にいたお姉さんが、僕の方に向けてパンフレットとお菓子の入った紙袋を手渡そうとした。

「あ、その、僕は在校生なので……」

言って、断ろうとその顔を、

「あ、そうなんですね……えっ？」

見た。

そして、お姉さんと僕は、揃《そろ》って固まり、

「えええええええええええええええええええええええええ!!」

ほぼ同時に、互いに声を上げたのだった。

突然の声に、辺りにいた人たちがいっせいに僕らの方を見る。我に返って、互いに身を縮めて、会場の脇の方へと移動した。

「パイセン、あの、どうしたんですか急に！」

わけもわからず、竹那珂さんも後をついてきた。

人目を避けられるところまで移動したのを確認し、お姉さんがギッと顔を上げた。

「信じられない……」

さっきまでのほがらかな声が嘘《うそ》のように、低く、何かを呪うような言葉が発せられた。

赤い帽子に赤いジャケット、白いタイトスカート。薄くメイクした雰囲気も相まって、普段の彼女とはまた違った、大人びた雰囲気を感じる姿ではあったけど、それはどうやっても間違えようがなく、
河瀬川英子《かわせがわえいこ》、その人だった。

「……なんでここに来たの？」

恐ろしい声で、お姉さん……いや、河瀬川英子は呪いの言葉を吐いた。

「偶然だったんだよ。今日は仕事が早く終わって、それでこの、えーと、バイト先で同僚になった竹那珂《たけなか》さんに街を案内しようって思ったら、これで」

さすがにいつものテンションでのあいさつはまずいと思ったのか、竹那珂さんはペコッと頭を下げた。

河瀬川《かわせがわ》はチラッと彼女の方を見つつ、「はぁ〜〜〜〜〜〜〜〜〜」とこの世の終わりのようなため息をついた。

「わたしの失敗だわ。こういうことが1ミリでも起こりうるなら、先にイベントスケジュールを渡した上で、絶対にこの日に街に出てくるな出てきたら処刑って言っておくべきだった。バレるのが嫌だからって曖昧にしたのが失敗だったわ。本当に失敗。あー最低」

「ごめん、あの、本当にわざとじゃ」

いいわけをなおもしようとしたところで、

「河瀬川さーん、お話終わった？　そろそろ戻って欲しいんだけど〜」

係の人か大学の広報の人か、とにかく誰かから河瀬川の名前が呼ばれて、

「は、はい！　すみません、すぐに戻ります！」

河瀬川が応えて、そっちへ戻ろうとした。

が、すぐに僕の方を振り向くと、

「……時間、あるわよね？」

質問している割には、ＮＯと言わせない圧力をかけた上で、

「あと30分で終わるから待ってて。話、あるから」

これまでの映像制作ですら聞いたことのないレベルのマジ声で、河瀬川は無理矢理《むりやり》アポを取ってきたのだった。

彼女が立ち去ったあと、あまりに呆然《ぼうぜん》としていたせいか、

「あのきれいな人、パイセンの彼女さんですか？」

いきなり危険球を放ってきた竹那珂さんの言葉にも、うまく反応ができなかった。

◇

河瀬川英子《えいこ》が、不思議と言えば不思議な縁で『ミス大芸大《だいげいだい》』に選ばれてから半年が経《た》とうとしている。

選ばれた当初は、こんなもの突っ返してやると息巻いていた彼女も、関係者たちの絶賛する声や、どうしてもやって欲しいという懇願に負けて、今ではいくつものイベントに参加するようになっていた、らしい。

なぜ「らしい」なのかというと、彼女にこのミス大芸大のことを直接聞くのはタブーであり、聞いたが最後、実力行使で身体《からだ》にダメージを受けることがわかっていたから、何も

聞かずに済ませるのが自然と礼儀のようになっていたのだった。

「絶対に触れるな、もし触れて茶化《ちゃか》したりしたら首捕まえてねじ切ってやるんだからって脅したら誰も何も言わなくなったし、それでもう大丈夫って安心してたのに……まさかだわ、本当に」

鉄板の上にソースを塗っては、それをヘラでゴリゴリと力任せに削り、河瀬川《かわせがわ》は落胆と苦悶《くもん》の表情を浮かべていた。もし鉄板の上に僕の首があったら、きっとあの痛そうなヘラで八つ裂きにされていたことだろう。

「ほんと、あの……ごめん」

「もういいわよ。たしかに偶然だったっぽいから、わたしの運の悪さを憎むことにする」

イベントが終わった直後、僕は彼女に首根っこをつかまれ、近くにあったこのお好み焼き屋へ移動し、ずっと繰り返し尋問を受け続けていた。

要は、河瀬川英子《えいこ》がミス大芸大《だいげいだい》としてこのイベントに参加していると知ってて、からかいに来たんじゃないかという疑惑だった。

でもそれは、すぐに疑いが晴れた。証言者がいたからだった。

「いやー、ほんとすみません、自分がパイセンに案内をお願いしたばかりにこんなことになっちゃいまして」

竹那珂《たけなか》さんが経緯を説明してくれたおかげだった。

「いいのよ、それ自体は別に悪いことでもなんでもないんだし。繰り返しになるけど、わたしの運が悪いだけだから」

言って、河瀬川は僕の方を見て、

「ほんと、貴方《あなた》ってどんな女子にも分け隔てなく親切よね」

「えっ、そ、そうかな」

フン、といつものようにそっぽを向いたのだった。

「あ、あの……ちょっと聞きたいんですけど」

いくぶん恐縮していた感じだった竹那珂さんが、ひょこっと手を挙げた。

「聞きたいって、わたしに？」

河瀬川が聞き返すと、竹那珂さんは大きくうなずいて、

「あの、河瀬川さんって、あの河瀬川さんでいいんですよね？　パイセンといっしょにゲームを作って、『星降ル歌』のプロデュースもした……」

「ええ、そうだけど、それがなにか……んえっ!?」

河瀬川がうなずいた瞬間、竹那珂さんの身体《からだ》が躍った。

「やっぱり!!　あの、わたしめっちゃあこがれてたんです！　パイセンの良き相棒として、抜群の処理能力と判断力で作品を完成に導いた、あの河瀬川さんですよね！　お目にかかれてすっっっごい光栄です!!　握手してください!!」

そこまでを一気に言ったあと、河瀬川《かわせがわ》がそろっと差し出した手を、彼女は全力で握り返し、頬《ほお》ずりする勢いで触り倒した。

「ちょ、ちょっとこの子なんなの、橋場《はしば》、ねえってば！」

当然、困惑する河瀬川。

「こういう子なんだよ。悪い子じゃないから、まあ許してやって」

「許してって言ったって！　もう！」

さっきまでは恥ずかしさの極致を味わっていたはずの彼女だったが、今はそれが困惑に置き換わり、どうしていいのかまるでわからない様子だった。

「自分、山のように河瀬川さんに聞きたいことあるんですよ!!　せっかくのこの機会ですし、今からぜんぶ聞いてもいいですか!?」

「お、落ち着きなさい！　とりあえずその握ってる手をブンブン振らないで！　ゆっくり下ろして放しなさい！」

「そんなあ、これも河瀬川さんへの親愛の情っていうか尊敬の念っていうか心からのアレの表れって感じなんで！　あ、よければサインもいただいていいですか！」

「なんでわたしがサインなんかするのよ！　いい加減にしなさ……って、くっついてこないの！　離れなさいって！」

斎川《さいかわ》のときもそうだったけど、河瀬川のこの、後輩を引きつけて離さない魅力はなんなんだろうか。

（まあでも、これで空気が一気に変わったし……いいか）

さっきの説明といい、なんだかんだで竹那珂《たけなか》さんに救われたのかもしれなかった。

◇

その後、お好み焼きを突《つつ》きながら、主に竹那珂さんが河瀬川にあらゆる質問をぶつけるという、なんとも珍しい光景が繰り広げられた。

制作の苦労話や、必要なスキルをどうやって身につけたかなど、質問は多岐にわたっていたが、河瀬川はそのすべてにきちんと理論的に答えていた。

（さすがだな、こういうところは）

まあ、ときどき僕への恨み節が入ってくる辺り、背筋が少し寒くなったけど。

ともあれ、急に始まった食事会は思ったよりも和やかに終わり、僕らは帰路についたのだった。

途中、天王寺《てんのうじ》で用事があると言って別れた河瀬川を置いて、僕と竹那珂さんはいつもの南大阪線《みなみおおさか》に乗った。帰宅のラッシュがちょうど一息ついたところで、運良く並んで座ることができた。

「ふう〜、よかったですね座れて！」

「うん、いい時間だったね。タイミングがよかった」

「それにしても、やっぱり河瀬川《かわせがわ》さんはすごい人でした。お話しできてよかったです！」

ついで、竹那珂《たけなか》さんの口から出てきたのは、河瀬川への賞賛だった。

「しかし、よくあの子のことを知ってたよね。普通、裏方のことなんか気にもとめない人がほとんどなのに」

「何言ってるんですかパイセン、タケナカは元々そういうとこばっかり見てる奴《やつ》だったって、わかってるじゃないですか〜」

そうだった。あのプラチナ世代のみんなじゃなく、あえて僕を探し出したぐらいだから、河瀬川を知っているのも当然だと言えた。

「竹那珂さんはさ」

「はい？」

「何かこう、やってたこととかあったの？　絵とか音楽とかシナリオとか」

映像学科生は、だいたいにおいて、元々別のジャンルで活動をしていた後に、鞍替《くらが》えしてきたパターンが多い。もちろん、河瀬川みたいに最初から映画をやりたくて来る人間もいるけど、シノアキやナナコ、貫之《つらゆき》のように、別ジャンルから映像に興味を持って、というパターンが大半を占めている。

だから、竹那珂さんもその系統かなと思ったのだけど、

「いや、自分はそうじゃなかったです。あれこれと手を出してはなんか上手《うま》くいかない、であきらめてばっかりで。ほんと、何もできないんですよ～」

それは珍しいパターンだ。

「じゃあ、ハルそらとか星降ル歌を見て、絵とか音とかに強く惹《ひ》かれたってのはなかったのかな」

「もちろん、実際に創作をやってる人たちはすごいなって思います。絵も、音楽も、シナリオも、自分には何もなかったんで」

ふと。

竹那珂さんの表情に、いつもと違うものがよぎったように見えた。

「芸術の世界って、トップ層に入れなかったらとてもじゃないけど仕事にならないって印象があって。だから、自分はそういう世界に行けないんだろうって、ずっと落ち込んでました。でもそこに、プロデュースってやり方があるってわかって」

一瞬、ドキッとした。

もの作りにあこがれ、自分もそれに関わってみたいと思うようになって、だけど何をしたらいいのかわからなくなって。

そこからプロデュースの方面へ興味を持ったなんて、まさに……。

「それで、裏方の人たちを見るようになったんです。何かの発表をしたりとか、キャラの名前の付け方とか、細かい文章とか、制作者の名前の出ていないものはきっと、そういう裏方さんが作ってるに違いないから、観察してみようって。ネットでそういうことに詳しい友だちに話を聞いたりもして、それでやっと、パイセンの存在に行き着いたんです」

彼女は僕の方を見て、ニッと笑った。

「会ったことも話したこともないのに、パイセンにあこがれたんです。どんな人なのか、どういうことをしているのか、あくまで想像でしかわからなかったけど、この人がいなかったら、きっとこの作品はできなかったんだろうなとか、みんながまとまらなかったんだろうなとか、そういうのは伝わってきました」

そして彼女は、大芸大《だいげいだい》の存在を知り、なんとなくで考えていた東京《とうきょう》の一般私大から変更して、映像学科を受験したのだった。

「でも、入ってみたら1回生って全然上級生の人たちと交流がなかったんですよね。サークルに入ろうかなとも思ったんですけど、それよりまずは先生に聞こうって思って、それで加納《かのう》先生のところに行きまして！」

「で、直談判《じかだんぱん》でバイトの話を聞いて、サクシードまで来た、と」

竹那珂《たけなか》さんは、笑顔で「そうでーす！」と答えた。

「だけど、よく先生が話を聞いてくれたね」

加納先生は、学生思いだし親身に相談にも乗ってくれるけど、それはあくまでも学生がしっかりとものを作ったり考えたりした上でのことだ。特に何の目的もなく、ダラけている学生に対しては、ある種冷酷と思えるぐらい、一切相手にしていない。

竹那珂さんがいかに強くお願いをしたとしても、言葉と行動だけでは、おもしろがってそれでおしまい、になるはずだ。今度顔合わせぐらいさせるよ、程度は言ったかもしれないけど、難関と言われるサクシードのバイトまで紹介したのはやりすぎに思える。

彼女はどんな裏技を使ったんだろうか。疑問に思ったところ、

「あ、もちろん手ぶらでなんか行きませんよ～！　めっちゃお忙しいって聞いてましたし、だからタケナカ、プレゼンシート作って行ったんです！」

「ぷ、プレゼンシート……？」

「はいっ！」

彼女のとった戦法はこうだった。

先生にアポを取る際には、30分だけ時間をくださいい、それですべて完結させますと言ってねじこんだ上、自分がどれほど橋場恭也《はしばきょうや》に会いたいのか、その理由は、そして会ってどうするのかのビジョンまでを10枚のドキュメントファイルにまとめ、堂々と先生の前で披露したらしい。

「それで説明したところ、加納先生が大笑いしてくださって、いやお前おもしろいよ、じ

ゃあ橋場《はしば》につないでやるっておっしゃったんです！　あ、よかったらご覧になりますか、プレゼンシート。ひょっとしたらパイセンに見せるかもって、鞄《かばん》にいっつも入れてあったんで！」

そう言って、印字してクリアファイルに入ったシートを僕に手渡した。

「なるほどね、理解できた」

中身が30歳前の僕なら、その戦法はある意味常套手段《じょうとうしゅだん》だったし、特段驚くようなやり方でもなかった。

だけど、竹那珂《たけなか》さんはつい少し前まで高校生だった子だ。そんな子が、しっかりしたプレゼンシートを作成し、先生の前で恐れることなく発表したのだとしたら、加納《かのう》先生はきっと、満面の笑みで出迎えたに違いなかった。

（これ、しかも本当によくできてる）

彼女は絵も文章も半端でやめたと言っていたけれど、文章はこなれていて読みやすく、図版の使い方やレイアウトも、大学生のレベルはとうに超しているクオリティだった。

なるほど、この子ならばサクシードのバイトに紹介しても、おかしくはないはずだ。

「で、バイトの面接も無事クリアして、いっしょにいる時間を獲得した、と」

「そうなんです！　でもタケナカは1回生だし、授業もあるから、ぜんぜんパイセンとお話する機会もなさげで」

それを言われて、ハッとした。

「え、ちょっと待って、竹那珂さん、バイトの時間作るのって相当……」

「キツかったですよ！　履修表もだいぶ苦労しました。でもやっぱり、直接話を聞いたりするにはこれしかないって覚悟してたんで」

最初、彼女が僕を追いかけてきたと聞いたとき、変わった子だな、という印象を持った。

だけどそれは、どちらかというと『おもしろい』に似たものだった。

しかし、彼女から改めて話を聞いてみたら、変わった、のレベルが違ったことにようやく気がついた。

純粋に、すごいなと思った。あこがれから追いかけてきたってだけじゃない。そこに覚悟があったからこそ、彼女は今ここにいるんだと。

「だから、パイセンは罪深い人なんですよ」

彼女はおもしろおかしくそう言ったけど、

「そっか……」

僕には、その言葉は正面から突き刺さった。

さっき、考えていたことがよみがえってきた。彼女の話を聞いていて、自分の心の中に思い当たることがたくさんあった。

昔の僕を見ているようだったからだ。

ものを作りたいけれど、特に何かのスキルや情熱が人よりあるわけじゃなく、だけれども作ることにしっかりと関わりたい。矛盾していて、都合のいいように思えるその願望から、彼女はプロデュースの道を見つけ出した。

しかも、一度は夢をあきらめて無難な道をたどった僕とは違って、彼女は最初に抱いた夢をそのままに、探求と努力を続けた。何かをいいわけにはせず、すぐに行動することを選び続けた結果、僕へとたどり着いた。

横で楽しそうに携帯をいじっている彼女を見て、僕は少しの畏怖と敬意と、そしてかなり強い興味を持っていることに気づいた。それと同時に、あこがれの対象になることの恐ろしさも。

（そんな恐ろしいことを、モチベーションの種にしていたんだな、僕は）

1人のクリエイターにあこがれ、その後を追いかけるという話は、よく見かける。近いところで言えば、斎川《さいかわ》などはそれにあたる。僕はその関係性を、ある意味利用してシノアキを奮起させたのだし、斎川自身のやる気にもつなげていった。

でもそれは、誰かの人生を変えることへのプレッシャーへもつながっていた。直接本人に問いかけたわけじゃないけど、大小の差こそあれ、心のどこかで意識はしていたはずだった。

それを僕は、見て見ぬふりをしていた。自分のエゴだからとわかった風なことは言っていたけど、どんな影響が出るのかについては、彼女たちにまかせたままだった。

運良く、彼女たちはよき関係を築いて、その上で互いに競い合ってくれた。ここまでは、良好なライバル関係であり、先輩後輩の関係と言える。でも、それは彼女たちの努力と運が、最良の方向に作用しただけだったんだ。


あこがれを持って近づいてくる相手に、あこがれのままで居続ける。

その恐怖を、僕は今まさに味わっているのだとわかった。


「ふあぁ……パイセン、また横で寝たらごめんなさい……」

「いいよ、気にしないで」

はぁい、という声と共に、竹那珂《たけなか》さんの寝息がすぐに聞こえてきた。肩の辺りに、ふんわりとした感触と、そして体温を感じた。

でもそれは、前に感じたものとはあまりにもかけ離れていた。邪《よこしま》な感情など持てるはずもなかった。そこには、とても大きな重圧が、かかっていた。

◇

喜志《きし》駅で竹那珂《たけなか》さんを起こし、見送ったあとでバスに乗って家へ帰った。

最近は夜が遅くなることも多くなった。見える景色が少ないと、どうしても見つめるものは内面になってくる。

だから、この時間にあれこれ悩むことが多くなってきた。

(僕にできることなんて、そんなにないのに)

プロデュースと言えば格好はつくけど、結局は見聞きしたことの応用でしかない。しかもまだ、10年後の知識を引っ張ってきただけで、この時代に生きる橋場恭也《はしばきょうや》として、確立できていることはほとんどない。

バス停からの道を、そんなことを考えながら歩いている。考えごとをしながら歩くと、距離は短く感じる。気がつくと、もう家の前だった。

考えなんかまとまるわけもなく、もやもやした気持ちのままに合い鍵を回し、ドアを開ける。居間は電気が消えていて、みんなそれぞれの部屋へと戻っていたようだった。

「みんな、がんばってるんだな」

安心と、少しさみしげな気持ちのこもった息をつき、2階へと上がる。

部屋の電気をつけて、パソコンの前に向かう。今日あったことの軽いまとめを書く。こうして簡単な日記をつけることで、自分の立ち位置や、考え方の変化を見ることができるので、最近はなるべく書くようにしていた。

「河瀬川《かわせがわ》と会った。どんな仕事でもしっかり取り組むのは彼女らしいと思った。そして竹那珂さんの話を聞いて……」

そこまで書いたところで、

「ん？」

コンコン、と控えめなノックがされているのに気づいた。

「誰だろ」

椅子から立ち上がり、部屋の入口へ近づく。ノブを回して、ドアを開けた先には、

「すまないな、急に。今、ちょっといいか？」

貫之《つらゆき》がいた。

「うん、大丈夫だよ。とりあえず中、入る？」

ああ、と答えて貫之が部屋へ入ってきた。以前、いっしょに作品を作っていた頃、指定席のように座っていたクッションの上に、いつになく丁寧に腰を下ろす。

「その、どうだ？　バイトは忙しいのか？」

「うん、おかげさまでしっかり働かせてもらってるよ。まだまだひよっこだから、役に立てるように勉強してる段階だけどね」

答えると、貫之は「うーん」とうなって頭をかくと、

「そっか、そうだよな……忙しいよな、時間ねえよな」

明らかに、何か言うのを躊躇《ちゅうちょ》しているような様子を見せた。

「貫之《つらゆき》、何か僕にお願いしたいこととかあるの？」

察して先行入力をすると、

「いや！　そういうのじゃねえんだ、これはあくまでも俺の話なんだが、ちょっと別の意見というか、その……」

貫之はそこで言葉を切って、急にちゃぶ台の上に両手をつくと、

「恭也《きょうや》、頼む！　俺の作品、見てやってくれないか！」

頭を下げて、そう懇願した。

「えっ？」

僕は驚きの言葉を発するだけだった。

「と、とりあえず、どういうことなのか詳しく聞かせてよ」

「あ、ああ」

貫之は頭を上げると、改めて僕への相談を始めた。

相談は、シンプルではあるけれど、予想通り解決は難しそうな内容だった。

彼がライトノベルの原稿の直しに苦労しているのは聞いていたけど、その直しをする際、自分なりの補強をする箇所が思い当たらない、というのが悩みだった。

「赤の入ってる箇所だけを直せってことでもないらしいんだよ」

なんでも、彼の担当編集が言うには、赤字はあくまでもポイントの指摘に過ぎず、そこからさらに工夫をしたりおもしろくしたりというのは、作家の努力や感覚で差が出てくるらしい。

「そうは言ってもよぉ……漠然としすぎてて、どこをどう補強したらいいのか、マジでわかんないんだよな」

著者というのは、どうやっても作品を完全に俯瞰《ふかん》することができない。読者の目にとまって始めて、わかることだってあるぐらいだ。

「で、僕にその読者をやれっていうことか……」

編集に戻す前に、フィルター兼補強用の意見をくれる人間になって欲しいというのが、貫之の依頼だった。

「もちろん、恭也が読んでどう思ったかという感想をくれればいい。そこでどう思ったかを聞ければ、俺なりに解釈をして直しに反映するから」

「なるほどなあ……うーん」

読んで感想を返すだけならすぐにだってできる。それ自体は、別にそこまで重い話ではない。しかし、意義のある指摘をしたり感想を言ったりするレベルを考えれば、急に難しい依頼になる。

なんせ、これは川越恭一《かわごえきょういち》が世の中に出ていく作品になるのだ。責任は重い。だけど、逃げてしまったら貫之《つらゆき》の苦しみは解消されない。

受ける以外の選択肢はなかった。

「わかった、やってみるよ」

「そうか！　マジで助かるよ、それじゃよろしく頼む！」

貫之の表情が一気に晴れやかになった。思っていた以上に、直しの作業は彼を追い込んでしまっていたらしい。

（とりあえず、明日にでもラノベをまとめて買ってくるかな……）

まずはこの時代にはやっているラノベをしっかり読まなくてはいけない。この時代にどんなものが流行《はや》っていて、どんなジャンルが受けていたのか、うろ覚えではなくしっかりとたたき込む必要があったからだ。

あとは、今上がっている原稿と売れている作品を比較して、表現や構成などでどう違うのか、なるべく明確に挙げていこうと決めた。

（まずはやってみよう、話はそれからだ）

明日の予定に書店に寄ることを書き込み、ふぅ、と息をついた。

◇

翌日、授業のあとに書店へ行くと、昨日決めた通りにラノベの新刊を買いあさって、紙袋いっぱいに詰めたそれを抱えてシェアハウスへと戻ってきた。

「ただいまー」

よっこらしょと、腰で紙袋を支えつつドアを開けると、ちょうどシノアキが居間でラーメンを作っていたところだった。

「おかえりなさい、本屋さんへ行っとったんやね」

僕の持った荷物を見て、そう声をかけてきた。

「ちょっと勉強しなきゃいけないことがあってね。それで買ってきたんだ」

シノアキは、ふぅん、と相づちを打って、

「それって、ひょっとして貫之くんのこと？」

「え、なんでそう思ったの？」

一応、貫之がみんなには内緒にしておきたいのかなと思って、ボカして答えると、

「こないだ、恭也《きょうや》くんがおらんときに言うとったからね。ちょっと悩んでるから、恭也くんに相談するかも、って」

なるほど、その程度のことは言ってあったのか。

「まあ、ちょっとしたお手伝いだよ。それで、シノアキはイラストの件、その後どうなってる？」

何気なく、進行について聞いてみただけだったのだけど、

「うーん……」

予想外に、シノアキは首をかしげてしまい、

「ちょっと、話を聞いてもらってよかね？」

そう言って、部屋へ来てくれないかと頼まれたのだった。

ゲーム制作のとき、シノアキの部屋には幾度となく足を運んでいた。だから、来たときに座る場所もだいたい決まっていたのだけど、少しだけ間が空いたこともあって、若干の緊張があった。

（また、本が増えたんだな……）

いつも通りの画集や資料の山々は、またその量が増えて迫力を増していた。

「ごめんね、いつも散らかってて」

「ううん、大丈夫だよ。それより話って？」

シノアキはニコッと笑うと、相変わらず資料だらけの部屋の中央にちょこんと座って、僕の方を見た。

僕も彼女にならって、そのすぐ前に座った。

「それじゃ、話すね」

彼女の悩みは、ある意味でぜいたくなものだった。しかし、シノアキの性格やクリエイ

ティブの意識から考えると、奥の深い悩みだった。

現在、出版に向けて準備を進めている、シノアキが挿絵を担当するライトノベル。原稿も順調に稿を重ねていて、キャラクターデザインもほとんど固まりつつあった。

何の不安もないように見える状況だったが、

「何も言われんのが、ちょっと不安になるんよ」

それこそが、シノアキの悩みだった。

今回の担当編集は若い人で、優しくおだやかな性格がとても好印象である一方で、出てきたものになんでも即OKを出すのがちょっと不安な部分でもあった。

なんでも、シノアキの作画した『ブループラネット』の大ファンらしく、上がってくるものを必要以上に信頼している節も見受けられるということだった。

「もちろん、プロの編集さんやし、ちゃんと見てくれてるとは思うんやけどね」

ということで、シノアキの相談というのは、

「イラストのダブルチェックを、僕がするということか」

「そうなんよ、恭也《きょうや》くんなら安心って思って」

イラストのチェックは、前職も含めてずっとやってきたことだ。場面にあった見せ方やポーズ、表情などの確認も、素人よりかはできる自信はある。

だけど、ことはライトノベルのイラストだ。ゲームや動画の見せ方とは違うポイントが

当然存在するだろうし、カラーとモノクロの差など、これまでになかった要素も多い。
それを、いきなりチェックする。しかも、自分のチェック内容がかなり重要視される
ケースとなりそうとあっては、軽々しく受けるわけにはいかない。
（でも、シノアキが悩むのもよくわかるんだよな）
チェックというのは、心理的な影響も含めての作業が重要になる。いくら完璧に見える
内容であっても、直す部分がないと言われると、本当にそうなのかと疑ってしまうケース
はよくある。
そこで、わざと軽微な部分の指摘を入れることで、作り手を安心させるという方法もあ
るぐらいだ。
シノアキの作画能力はすばらしい。だから、本当に指摘ができなかった、ということも
充分あり得るんだけど、
「わかった、じゃあやってみるよ」
1人入るだけで安心感が格段に増すというのなら、がんばってみよう。
「ごめんね、すごく助かるよ～」
シノアキは、心底ホッとしたような表情を見せた。この様子を見るだけでも、チェック
のポジションが必要だったのだとわかる。
また書店に行って、画集やゲームのファンブック、そしてラノベの表紙を見て回ろう。

この時代はまだイラストの巡回サイトなんてものがあった頃だから、その辺りからしっかり見ていくのも大切だ。

（明日は、大きめのバッグとか持って行かないとな）

ラノベに画集と、連日なかなかの物量になりそうだった。

◇

翌日はバイトがあったので、終わってから１人で書店に寄ることにした。

今日は僕１人のシフトだったこともあって、帰り道はとても静かだった。

「なんか、あのにぎやかさが段々クセになってきたなあ」

少しのさみしさを感じつつ、喜志《きし》駅近くの書店に入る。

以前に、映像関連の書籍を探したときもそうだったけど、この書店は規模の割にはピンポイントでいい本が置いてある。おそらく、芸大生相手の仕事をしているうちに、傾向などがわかってきたのだろうか、それともバイトが芸大生だろうからそれに合わせたのか、いずれにせよ、ありがたい存在だった。

だから、ここでは芸大生の知り合いによく出会う。以前にも九路田《くろだ》と偶然出くわしたし、サークル関連や学科の知人など、おそらく気づかなかった人も含めたら結構な人数になるはずだ。

「えーと、画集は……こっちか」

妙に品揃《しなぞろ》えのいいコミックコーナーの脇に、大判の書籍が並ぶ棚がある。日本画西洋画写真集などと共に、美少女イラスト関連の画集もしっかりとした種類が置いてあった。

平台に置かれた、最近発売されたゲームの画集を手に取ろうとしたところで、

「あれ、恭也《きょうや》じゃない」

聞き覚えのある声で、名前を呼ばれた。

「ナナコ、来てたんだ」

いつも家や大学にいるときと違って、今日のナナコは少しばかり着飾っていた。

「打ち合わせの帰りでね。探してる楽譜があればって思って来たんだけど、空振りだったみたい」

そう言いながら、僕の持っている画集をまじまじと見つめ、

「……恭也、こういう感じの子が好きだったりする？」

画集の表紙には、恋愛対象とは言いにくいレベルの幼子が描かれていた。

「何を言いたいのかなんとなくわかったけど、違うから。単なる資料だよ」

ナナコは、へえ～とうなずきつつ、

「恭也って、色々勉強してるんだね、やっぱり」

「勉強というか、興味を持ったら自分の目で見るようにしてるだけだよ。知ったかぶりになってしまうと、身につかないからね」

もっともらしいことを言ったものの、僕だってシノアキの相談がなければ、これほどまじめにイラストへ目を向けなかったと思う。

「その、さ。恭也の興味って、音楽にも向いてるんだよね」

チラッと、僕の方を窺《うかが》うような感じで、ナナコが聞いてきた。

「もちろんそうだけど……なんで？」

質問の意図を聞き返したところ、

「恭也、このあとさ、ちょっと時間ある？」

答えではなく、提案で返されたのだった。

◇

ナナコの話を聞き、いっしょにシェアハウスへと戻ってきた。僕はそのまま自分の部屋へと戻って、荷物の画集を床に置くと、そのまま布団へと寝転んだ。

「うーん、どうしたものかなあ」

ナナコの話は、貫之《つらゆき》やシノアキと同様に、今やっていることについての相談だった。

しかも、それはより直接的に、彼女の作品に関わることだった。

「プロデュース、か」

ゴロン、と寝返りを打ちながら、ナナコから頼まれたことを復唱する。


以前、ナナコが同人界隈《かいわい》からコラボや依頼などの打診を受けた際、僕はあえて、彼女自身にその対応をさせることにした。そこで自主性がなくなってしまっては、将来的に彼女の成長を妨げることになってしまうと思ったからだ。

その結果、彼女は自分で考えて外との接触や創作を行えるようになった。どうしてもわからない部分については聞くこともあったけれど、それ以外のことについては、完全にまかせても安心なレベルにあった。

でも、自分でできるようになったからこそ、ナナコはもっと高いレベルのことをしたいと思うようになった。

「オリジナルの曲を作るにしても、すでにある曲の歌ってみたをアップするにしても、どういう狙いでやるのかとか、将来こうしたいから今はこうするとか、なんていうんだろ、考えたりまとめたりするのをしっかりやりたいなって思って」

「でも、それは今のナナコでもできてるんじゃない？」

実際、ナナコはかなり考えて創作活動をするようになっていた。歌のチョイスにしてもコラボ先の選定にしても、彼女なりに考えた上での行動だというのが、目に見えてわかるほどだった。

「できてるように見えるかもしれないけど、それじゃ不十分なの」

ナナコは、ふぅ、と大きく息をつくと、「これ見て」とPCのブラウザを開いた。

「今、歌ってみたでがんばってる人たちのランキングなんだけど」

ニコニコ動画にはカテゴリごとにランキングがある。歌ってみたやボカロといったジャンルはその中でも花形で、ランキングは毎日めまぐるしく動いていた。

その中で、ナナコはかなり上位に食い込むようになっていた。界隈のファンからすれば、中の上ぐらいの認知度はすでにあると言っていいだろう。

だけど、彼女は、

「いやらしく聞こえるかもしれないけど、あたしはもっと上に行きたい」

はっきりと、その目的を言うようになった。

「チヤホヤされたいとかじゃないの。もっともっと、いろんな人に聴いて欲しいって欲が、段々と出てきたんだ。だから、そのためにはもっとがんばらなきゃ、って思ってる」

でも、と言葉をそこで一旦切ると、

「このままじゃ、考えてる時間が多くなって、ついていけなくなるかもしれない。実際、上のランクの子たちは、複数人でやってる場合もあるって聞いたし、あたしもそろそろ、そういうことを考えてもいいのかな、って思ったんだ」

「戦略を考えたりする人が欲しい、ってこと？」

「そう、それ！　でも、誰に頼めるかって言ったら、恭也《きようや》しか思い当たらなくて」

確かに、歌や作曲の技術的なサポートで言えば、音楽学科の杉本《すぎもと》さんに聞けばいいけれど、ボカロだったりネット界隈《かいわい》の話となれば、自然と僕になるのもわかる。

何より、去年の勝負での印象が強かったのだろう。

「でも、僕は音楽についてはは素人でしかないよ。その上で意見を言うってことになると思うけど」

「音楽についてはそれでいいの。むしろ、普通に聞く人たちがどう思うのか、その代表になったつもりで話してもらえればいいから」

ナナコはそう言うけれど、さっき彼女が示した願望を考えれば、そんな悠長な意見だけで済まないことは明白だった。

かと言って、実力不足だと断るのもおかしな話だった。だって、僕は彼女をこの道へと引きずり込んだ責任があったし、何よりも、彼女のこれから先を、誰よりも楽しみにしていたから。

引き受けることに大きく傾きつつ、最後の確認をした。

（念のため、頼り切りにならないように言っておかないと）

「ナナコ、わかってるとは思うけど、これは僕といっしょにナナコも考える前提でやることだよ」

しかし、ナナコは僕のその言葉を待っていたかのように、

「自分で考えて、だよね。もちろんそのつもり。恭也のくれた意見にそのまま従うんじゃなくて、しっかり考えてから答える」

そのつもりだったら、もう僕が危惧することは何もなかった。

「わかった。やってみるよ」

「ありがとう!! 恭也もいっしょにやってくれるなら、すごく心強いよ!」

ナナコが大喜びして、それで僕がプロデュースをすることが決まった。


これからは、みんなとの距離も少しずつ離れていくとばかり思っていたけど、少しずつ違った形で、また関わることになった。

だけど、それぞれの専門性は格段に増したし、何より、僕の思惑とは違う形で、クオリティアップを目指すという、難解なミッションへと移り変わった。

これまでに僕がやってきたことは、制作進行のいわゆる『進行』の重要性も高かった。

しかしここから取り組むことは、明らかに『制作』の部分が重要になってくる。

「プロデューサー、か」

目指そうと思っていたその職種を、もう一度口にした。

専門性の高いクリエイターの舵取《かじと》りをし、消費者の視線を意識しつつ、クオリティコントロールを行う職種。当然、あらゆるパートの知識と経験を問われるし、判断力も必要になってくる。

それをついに僕がやる。

本当は、もっとしっかりとスキルアップしてからにしたかったけど、この仕事自体、そもそも完璧な準備を元にしてできるものではないのかもしれない。

「みんな、こうやって覚えたのかもなあ」

覚悟を決めるしかなかった。

自分のしてきたことはどうあれ、僕はもう、誰かに影響を与える存在になった。もう逃れようがないということも、改めて知ることになった。

責任をとる、と言葉で言うのは簡単だけど、本当はそんなに軽々しく言えることじゃない。

「人生、かかっちゃったもんなあ」

重々しい言葉を言うことで偽善者ぶるぐらいなら、いっそエゴだと言い切った方がいい。だいたい、あの未来の日からそうやって来たはずじゃないか。

導く相手ができて、背中を見せる相手もできて。自分を磨くために、人も磨かなければいけないという当然のことを、僕はこのタイミングで知ることになった。

プロデューサーへの道は、やっぱり長く険しかった。だけど、それは間違いなくとても
おもしろく、そして歩く価値のある道のはずだ。

「やるぞ」

先に進む道が、やっとおぼろげながら見えてきたような気がした。

6月に入り、ジメジメと湿気の高い暑さが、大学の周辺を覆う頃になった。蝉《せみ》の声が少しずつ耳に慣れる中、僕はまた、映像研究室を訪れていた。

「僕はプロデューサーを目指します」

いつものように、やたらと熱いコーヒーを前にして、僕はそう宣言をした。

「前に言っていた話か。指揮官になる覚悟を決めた、ってわけだな」

僕は「はい」と言ってうなずいた。

「お前も知っているかもしれんが、プロデューサーというのは聞こえがいい職業なだけに、山師やゴロみたいなおかしな人間もたくさんいる。たとえば、映像のプロデューサーならば職域もはっきりしているが、個人の作家相手にやるプロデューサーなんかは、メシの準備やペットの世話が重要な仕事ってのもいるし、一口に説明が難しい」

それについては、美少女ゲームを作っていたときに経験した。身の回りのことが何もできないという原画家の家に行って、ゴミ出しと公共料金の支払いをしたのは良い……いや、良くない思い出だ。

「その上で、お前は何のプロデューサーになるつもりだ？　まずはそれを聞いておきたいんだが」

　僕は迷わずに言った。

「基本はゲームですが、特にジャンルを狭めるつもりはありません。先生の言う、山師やゴロみたいなものになるのだと思います」

　先生はとたんに爆笑した。

「ははっ、思い切ったな。いや、わかった上でやるんだったらかまわんぞ」

　特に否定されることもなかった。

　プロデューサーという仕事を考えたとき、そのコネクションや職域は広い方がいいに決まっている。縦のライン、つまり同じ職域の中では解決しないことも、横のラインで別の職域に手を伸ばせば、容易に解決することだってあるはずだからだ。

　だけど、それが怪しいつながりばかりになると、先生の言うようなうさんくさい人間になってしまう。でもきっと、そうならないポジションも可能なはずだ。現に、そうやってとてつもなく広いジャンルを見渡せるプロデューサーも存在する。

「だが、だ」

　先生は表情を厳しくした。

「当然ながら、総じてすべてをやろうとすると道は険しいぞ。それはわかっているな？」

「はい、そうだろうな、というぐらいのことは」

プロデューサーは、職域がとても曖昧な仕事だ。半分以上、ディレクターのようなことをしながら、様々な管理業務を行っているスーパーマンもいれば、予算管理のみに集中して仕事をし、他はすべて別の人間に任せる、というスタンスの人もいる。「座組みさえできてしまえば、プロデューサーの仕事は8割終わったようなものだ」とまで語る人もいるぐらいだ。

だから、プロデューサーのスキルアップのために、これをやれば大丈夫、というのはない。予算を組むときの感覚を養ったり、相場感を得たり、スケジュールを組めるようになったりというのはスキルのうちだと思うけれど、あくまでもその業務の一端でしかないだろう。

すべては経験から自分で得るしかない。教科書のない仕事だ。

「その曖昧なものを、自分で決めなければいけない。橋場《はしば》は自分で仕事を作っていくという、とても厄介なものに手を出そうとしているんだ」

そう、上からこれをやれと言われるのではなく、自分で作って人を動かす。それがプロデューサーの役割になる。それを可能にするには、信頼と実績と、そして説得力を持った人間にならなければいけない。

「橋場は今、サクシードで作ってるゲームのデバッグをしているのか？」

先生が、まさにピンポイントに今の業務内容を言い当ててきた。

「そうです。ずっと、アプリの修正チェックをしています」

「いい教材だ。デバッグはいろんな要素の宝庫だからな。ただ機械的にこなすのと、ケースごとに分析して吸収するのでは、天と地との差がある。しっかり学んできなさい」

僕は黙ってうなずいた。たしかに、最初はただの下働きかと思っていたデバッグだったけど、ゲームのシステムや設計の思想を見る上で、こんなに勉強になるものもないと思った。自分で企画を立てるならこうやろう、みたいなものも浮かんでくる。

(それを見越した上で、担当させてくれたのかな)

堀井《ほりい》さんは、直接僕らに声をかけることはそこまで多くない。だけど、何かを言うときは必ず、興味深い話をしてくれる。先生とも知り合いだったみたいだし、僕の成長を含めて見てくれているのかもな、と思った。

「堀井くんは学生の頃からディレクターとしての資質があってね。コツコツといいものを仕上げてくる人間だったから、私が進行役になったりして、バランスを取っていた」

「へえ……そういう分担だったんですね」

たしかに、堀井さんは強い意志を示して周りを引っ張る感じではない。でも、今はプロデューサーとして、現場を統括する役割を担っている。

「人が作品を作るのと同時に、作品は人を作るからな。堀井くんもそのタイプだ。少しずつ吸収してモデルチェンジをして、今の彼がいる」

「おもしろいですね。元々は違うタイプなのに、作ったもので変わっていたなんて」

「そうだな。だから橋場《はしば》も、無理をして型にはめようとするなよ。自然にがんばりたいと思えるところに進むのが、おまえのためになるはずだ」

はい、と答えた。まだ今のところは、自分のタイプまではわからないけれど。

加納《かのう》先生は楽しそうにほほえみながら、

「先生という職業をやっているとだな、自分がひょっとして偉いんじゃないかと錯覚してしまうことがある。ましてや、大学の先生なんか調子に乗りやすいことばかりだ」

「でも実際に偉い人じゃないですか。そうそうなれる職業ではないですし」

「こういうのは巡り合わせとか運もあるからな。人が思っているほどは偉くないよ」

自嘲気味に笑う。

「でもな、ちゃんと人に教えることを見つめていけば、教えられているのは自分の方だってすぐにわかるんだよ。教えるということは、教えられるぐらいにきちんとした知識とスキルを身につけるってことだからな。つまり……どういうことか、わかるな?」

「学びたければ、人に教えなさい、ってことですか?」

先生は、「そうだ」とうなずいた。

「人と人とが関わり合うのに、どちらかが一方的にメリットを享受するなんてことはない。程度の差はあれ、必ずどちらも何かを受け取るようにできているんだ。だから、このタイミングで橋場が竹那珂《たけなか》に何かを教えることになったのは、とても意義がある」

彼女の名前を出したところで、先生はニヤリと笑った。

「どうだ、おもしろいだろう、あいつは」

「ええ、そうですね……おかげさまで、色々と刺激を受けています」

出会った最初こそ、単なる賑《にぎ》やかしキャラなのかと思っていた彼女だけど、今はもうその印象はかなり払拭されつつあった。

遅刻するのは玉にきずだけれど、業務の遂行能力は高いし、頭の回転が速いので話していても気持ちよく会話が展開する。経験が足りないゆえに突拍子もないことを言ったりもするけれど、それもじきに少なくなっていくはずだ。

「プレゼンの話は聞いたか？」

「ええ、なんでもいきなり資料を用意して、30分時間をくださいって言ってきたって」

先生は苦笑すると、

「たまげたよ。そんなことを言ってきた新入生なんて、私の知る限り誰1人としていなかった。それも、言ってきた内容が橋場に会わせろだからな。楽しくて仕方なかったよ」

ククッと、身体《からだ》をかがめるようにして笑う先生。よほど、竹那珂さんのことが気に入っているようだった。

「あれで元々、画力だけで美大に行けるレベルの絵を描いていたんだから、よくもまあ映像学科に来てくれたものだよ」

「ええっ？」

一瞬、耳を疑った。

「あの、僕が聞いてたのでは、竹那珂《たけなか》さんはあれこれと手を出したけれど上手《うま》くいかなかったからって」

「そうだな、たしかピアノも弾けてコーラスもやってたらしいな。高校のときは美術部とかけもちで、大会に出て入賞したレベルらしい」

言葉を失った。なんなんだ、その完璧超人は。

「そこまでできてもなお、自分はこのジャンルでは食えないと見切りをつけたんだからな。それが竹那珂里桜《りお》という新入生だ」

「末恐ろしい人材ですね……」

プロデューサーは、画力も筆力も歌唱力もいらない。でも、当然ながらあるに越したことはないし、そのパートで何か語るときの説得力が段違いになる。

彼女が今のスキルを持ち合わせたままでプロデューサーになったら、きっと強い存在になることだろう。

「そうだ。ああいう奴《やつ》が後輩にいて、自分をずっと見ていると思うと、普段から気合いも入るってものだよな？」

「あっ……はい」

ここでやっと、わかった。先生が僕に何をしようとしていたか。

僕がシノアキと斎川《さいかわ》にやったこと。すでに前を走っている人間に、あこがれつつもプレッシャーをかける存在をぶつけることで、やる気を出させること。それとほぼ同じことを、先生は僕に仕掛けているのだ。

（そんな子がうしろから追いかけてくるのか）

教えることで自身を成長させながら、追われる恐怖とプレッシャーで、さらに前に進めと言っているのだ。

（つくづく、恐《こわ》い人だ）

なおも先生はニヤニヤと笑っていた。何も言わなかったけれど、きっと、こんなことを考えていたに違いない。

次はお前が悩む番だぞ、と。


その後も、先生とはいろんな話をした。これからのコンテンツのこと、デバッグをしているゲームのこと、人を動かすということ。

気がつけば、すっかり話し込んでしまった。

時計を見て、礼を言って席を立つと、

「あ、そうそう」

最後に、という感じで声をかけられた。

「康《こう》くんは元気にしているか？　まだバイトを続けているんだろう？」

「その、康くんって、誰ですか……あっ」

聞き返しつつ、そう言えばと思い出した。

「茉平《まつひら》さんですよね？」

「そう、茉平康だ。私たちの周りはみんな名前で呼ぶからね。伝わらなかったか」

むしろ、名前で呼んでいる関係の方が特殊な気もするけど、と思ったけど、僕らのシェアハウスも名前で呼んでいることを思い出した。

「お元気です。とてもお世話になっています。すごく優秀な人ですよね」

思ったままを口にした。実際、バイトを始めてから今に至るまで、あらゆるところで学ばせてもらっている。いわゆる先輩という存在にそこまで触れてこなかったからこそ、その存在は極《きわ》まって見える。

きっと、先生も嬉《うれ》しく思うはずだろうと思っていたのだけど、

「そうだな、優秀だ……とても。だからこそ、心配ではあるんだが」

予想に反し、少し案じるような表情を見せた。

「心配、ですか」

「ああ見えて、彼は脆《もろ》いところがある。何がしてやれるってわけでもないだろうが、気にかけてやってくれ」

「は、はい」

意外な反応ではあった。

言われてみれば、以前に話をした際、少しだけその表情に陰りが見えた。しかし、それも一時的なことだったし、ことさら記憶に残っている点でもない。今、先生に言われてから思い出したレベルの話だ。

（でもまあ、覚えておくか）

先生がわざわざ言うぐらいなのだから、何もないと決めつけるのは早計だろう。次に何かがあったときには、思い出せるようにしようとは思った。

◇

「ハッシー、じゃあ次の質問をしてみてくれ」

目の前には、真剣な面持ちの桐生《きりゅう》さんがいる。完璧に似合わないスーツ姿で、それだけでも笑いそうになるのに、この表情は反則だ。

「ええと、じゃあ……このラミネーターってのは、どういう特徴があるんでしょうか？」

「はい！　よくぞ聞いていただきました！　弊社の取り扱っておりますこの大判用ラミネーターですが、最大A0サイズまで対応の本格的なものでございまして、圧着時の空気の入りを最小限に食い止める、高温度しゅ、しゅんかん、しゅんかん……」

「高温度瞬間硬化ラミネートシステム」

「そう！　そうです！　その高温度瞬間膠着《こうちゃく》ラミネートによりまして、ワンタッチでお客様にご使用いただける製品となっておりまして、非常にお勧めとなっております！　アタッチメントとしては、レトルトパウチや真空パックの……えっと、なんだっけ」

「破れにくさで高評価をいただいている硬化フィルム」

「あー、そうだよ、それだよ!!　もうダメだ、なんも覚えられねえ!!」

頭をかきむしり、のたうち回る桐生《きりゅう》さん。僕はその奇行をよそに、手元のラノベを開き始める。

「なあ～ハッシーよぉ、なんで俺、写真のフィルム会社に入ったはずなのに、ビニールの説明とかしてるんだろうなあ」

「知りませんよ、ちゃんと入社試験のときに説明あったんですよね？」

「自信を持って言うが、まったく聞いてない!!」

ため息が出る。

「だったら自業自得です。またパンフ読み直してくださいね」

突き放すと、また目の前で暴れ始める桐生さん。

「嫌だ！　嫌だあ！　俺はこんなビニールのお化けみたいなのを売るために就職したんじゃねえ！　どうせ売るなら0・03ミリとかそういう薄いビニール製品の方がまだ全然興味が持てるよ!!」

「そのギャグ、本当に会社で言っちゃダメですからね！　セクハラで一発退場になっても知りませんよ！」

またまたため息が出る。どうしてこう、人生丸ごと行き当たりばったりなんだ。

研究生として大学にしがみついていた、桐生孝史《たかふみ》2●歳さんは、この春、なんと就職をしてしまった。

本人はギリギリまで逃げるつもりだったらしいのだけど、両親および交際中の彼女からガチで詰められた結果、しぶしぶ働くことになったそうだ。

まあでも、元々学科では優秀だった桐生さんは教授の覚えもよく、国内では一流どころのフィルムや薬品を取り扱う商社への入社が決まった。

……のだが。

「写真関連の部署が縮小したのは不運でしたよね」

折からのデジタル化により、フィルムの取り扱いは業界全体で縮小を始めていた。

桐生さんの入った会社も例に漏れず、当初予定していたフィルムの部署から、業務用のプリンターや、ラミネート加工という、ビニールコーティングをする部署へと配属が変わった。

「プリンターの事情なんか知らんよ。ほんと、どうやって好きになったらいいんだ」

さすがにかわいそうではあるけれど、これぱかりは仕方ない。

「自分でプリンターを買ってみて、桐生《きりゅう》さんの好きなエロ画像の印刷とかしてみたらどうですか？　そしたら興味出るかも」

「会社のでもうやった。上司にすげえ怒られた」

やったのかよ！　しかも会社のプリンターで！

ともあれ、桐生さんは営業トークの練習をしたいらしく、ここのところ僕をお客さんに見立ててあれこれ試みているのだけど、興味がないのが致命的で、用語は間違うし覚えてないしで、先が思いやられていた。

「で、なんでハッシーはずーっとラノベ読んでるんだ？　そんなに好きだったっけ？」

目の前には数冊のラノベが積み上がっている。どれにも付箋が付けてあって、気になる箇所についてはさらにメモを取っている。

「原稿チェックに備えての勉強ですよ。今人気のあるラノベだけでも、しっかり読んでおかないと、チェックの基準がわからなくなるので」

とは言っても、僕の場合は過去の確認作業になるのだけれど。

元々いた10年後の世界では、小説投稿サイトから生まれた作品が席巻《せっけん》していて、そこでの流行《はや》りジャンルが売れ筋と言われていた。

しかしこの過去の世界においては、まだ投稿サイトの隆盛までは至っておらず、新人賞の作品がそのままヒット作になる、というのが普通にあり得た時代だった。ジャンルにおいても、ファンタジーにラブコメにバトルに異能力にと、固定されたものだけで売れるというものではなかった。

だから、僕としては、売れているものに共通性を求めるというよりかは、それぞれにいいところをピックアップし、貫之《つらゆき》の作品に活《い》かせる部分を探す、ということをしていた。

「ハッシーはラノベのイラストも食い入るように見てるし、曲もニコ動のばっかり聴いてるるし、すげえよな、本当に」

それについてもいわば確認作業になるのだけれど。

ただ、こうやって過去の売れ筋を見ていくと、未来で売れている作品たちとも、しっかりと共通点があるとわかって、そこはおもしろい発見だった。

テーマがしっかりしていること。概要がわかりやすいこと。ターゲットがはっきりしていること。他にも色々あるけれど、僕が感じたのはそういう点だった。

（売れるだけの理由って、ちゃんとあるんだなあ）

どうしても、ものが売れないと時代のせいにしてしまう。そうするのが楽だし、傷が深くならなくて済むからだ。

だけど、時代のせいにしてしまったが最後、もう時代は自分の味方になってくれない。遠く過ぎ去って、二度と自分の前へは来てくれないだろう。

(できる努力はいつもしておかないと、だなあ)

なおもプリンターのパンフレットと格闘している桐生《きりゅう》さんの横で、僕は再びラノベを読む作業に戻った。

「なあ、ハッシー」

「営業トークの練習ですか？　だったらまたもう少し後で」

「そうじゃなくてだよ」

桐生さんが、わざわざ席を移動して僕の前へやってきた。

「なんかこう、どこかに行きたいとか思わないかい？」

「思いません」

「思えばさ、ゴールデンウイークも特に何もしなかったし、気がついたら6月になってただろう？　このままじゃ、すぐに夏になってしまうと思うんだよ僕は」

社会人になってもなお、サークルの部室に出入りしておいて何を言っているんだ。

「行きませんよ。やることがたくさんありますし、それに学生生活の思い出なんて、白浜《しらはま》旅行でもうやったじゃないですか」

「あれは学生時代の思い出！　俺が今欲してるのは疲れた社会人としての癒やし！　ぜんっぜん意味が違うんだってば！」

「時間がないんですって。それに桐生さん、遊びに行く前にやることあるでしょう？　さっきの営業トークだってまだ練習が必要ですし、上司からも新規事業のアイデア出せって宿題出てるんでしょ？」

「嫌だあ!!　そんな正論ばっかりぶっこくハッシーなんか見たくない！　頼むからいっしょに遊んでくれよお!!」

ついには目の前でジタバタと暴れ始めた。せっかくのスーツにシワがついちゃってもいいのだろうか。

「わがまま言わないでください！　しまいには彼女さんに言いつけて叱ってもら……」

言いかけた僕の背後に、人の気配を感じた。

振り返るとそこには、

「橋場《はしば》くん……」

同じくスーツ姿の、今春しっかりストレートで卒業から就職を果たした、樋山友梨香《ひやまゆりか》さんが立っていた。

「ひっ、ゆ、友梨香さんっ!?」

その姿を見て、飛《と》び退《の》く桐生さん。

「樋山《ひやま》さん、ちょうどよかった！　この彼氏さんをちょっとキツめに叱って……」

くださいとお願いしようとした僕の言葉をさえぎるように、

「わぁぁぁあん！　橋場《はしば》くん！　わたしも仕事つらいよ!!　遊びに行きたいよぉ!!」

今までに見たことのない様子で、樋山さんは彼氏と同じように駄々《だだ》をこね始めたのだった。唖然《あぜん》と見守る僕の肩を、桐生《きりゅう》さんはポンとたたくと、

「わかるだろ……人生って、つらいんだよ」

「何したり顔してるんですか」

◇

こうして急遽《きゅうきょ》、美術研究会のOBとOGによる提唱で、日帰り北陸海鮮食べ食べツアーの予定が組まれることとなった。最初は宿泊も視野に入れていたのだけど、コストが跳ね上がるのと時間の問題で、日帰りになったのだった。

「本当にごめんなさいね……わたしとしたことが、ついあんな醜態を」

企画を立てる僕の横で、樋山さんはずっと申し訳なさそうにしていた。

「いいんですよ。でも樋山さんですらそんなに追い込まれるんですね、社会人って」

樋山さんは「そうなのよぉ」とため息をつくと、

「仕事は楽しいんだけどね。やりがいもあるんだけどね。でも、人間関係とか人間関係でよけいなことたくさん考えなきゃいけなくて、それがもうほんっっっっっっとにストレスになって溜《た》まってくの。自分でも嫌になるぐらい」

本当に嫌なんだろうなという口調だった。

美研の中では自制の利いている、何よりも桐生さんのストッパーだった樋山さんがここまで追い込まれるのだから、社会人はマジで闇だ。僕自身、ブラック企業で働いていた時は、ずっと北海道《ほっかいどう》の漁港で働く妄想に浸っていたし。

だからまあ、この企画も無駄ではないはずだ。たぶん。

「ひとまず出席は、僕、樋山さん、桐生さん、河瀬川《かわせがわ》、貫之《つらゆき》、シノアキ、ナナコ。以上ですね」

「杉本《すぎもと》は就活でダメ、柿原《かきはら》は仕事でお休み、斎川《さいかわ》さんも作業で手一杯、か。でも他はみんな来るのね……って、火川《ひかわ》くん結局来られなかったんだ」

「あいつはアレですよ、彼女とお出かけみたいで」

電話したら、嬉《うれ》しそうに30分ほどノロケを聞かされたあげく欠席と言われた。

「いいよね、学生カップルって……うちらなんか、学生の頃はあのバカが煮え切らないせいでずっと友だちの延長線みたいだったし、付き合い始めたらすぐに就職で時間足りなくなるし、あいつもうほんとなんなの」

それは桐生《きりゆう》さん、ほんとなんなの、だ。まあ、ちゃんと樋山《ひやま》さんのことを考えて就職したみたいだから、それはよかったけど。

◇

樋山さんはその後も楽しそうに桐生さんへの愚痴をつぶやくと、足取り重く社会人の世界へと戻っていった。僕はただ、その悲しげな背中を見送るしかなかった。

みんなの都合を確認した結果、旅行の日程はその週の金曜日に決まった。

元々、その日はバイトのある日だったこともあって、僕はシフトの変更をするべく茉平《まつひら》さんに電話をかけた。

「へえ、日帰りの旅行か。いいね、楽しんで来て」

いともあっさりと、シフト変更は受理された。

「ありがとうございます。すみません急な話で」

「大丈夫だよ、今はちょうどやることもそこまで詰まってないしね。むしろ来週だとちょっと厳しかったかも」

「来週、何かあるんですか？」

茉平さんは一瞬言葉をとめると、

「あ、堀井《ほりい》さんまだ言ってないんだ。ほんとそういうの好きなんだから」

「え、何か大変なことだったりします？」

あわてて確認すると、

「いや、そういうのじゃないよ。でも、たぶん今は言わない方がいいと思うから、僕からも内緒にしておくね」

と、気になる感じで隠蔽されてしまった。

「そう言われると、気になっちゃいますね」

「君にとって悪い話とかじゃないから、安心して。じゃあ週明けにまたよろしく」

茉平さんは、笑いながらそう言った。

いつもと同じ、さわやかでよどみのない口調。加納《かのう》先生の話を聞く前なら、特に何かを思うこともなかったと思うけど、

(どこに、脆《もろ》いところがあるんだろう)

今は、その口調の裏側に何があるのかを気にしてしまう。

「茉平さんって、その……」

「ん、なにかな？」

……いや、聞くのもおかしい話だ。先生が言っていたのは、あくまでもそういうときが来たら、ということだ。

「あ、えーと、お土産って何がいいですか？」

「はは、じゃあ甘いものをぜひ」

加納《かのう》先生は、いたずら好きなところはあるけれど、基本的に僕ら学生のことを思ってくれる、得がたい人だ。想像でしかないけれど、関わった人に対して、放っておけずについ気にしてしまう性質《たち》なのかなと思っている。

だからきっと、あえて僕に茉平《まつひら》さんのことを言ったのには、何か理由がある。

（ひとまず今は、普通に接しよう）

気にとめつつも、変に深掘りはしないようにした。

◇

そして旅行当日。

喜志《きし》駅前には、桐生《きりゅう》さんの運転するワンボックスカーと、僕たち美研のメンバーが揃《そろ》っていた。集合時間の5分前だったけど、遅刻なしの優秀ぶりだった。

「さすが、しっかりしてるな」

チラッと携帯を確認する。竹那珂《たけなか》さんから、パイセン気をつけて行ってきてください!!!という顔文字だらけのショートメールが届いていた。写真を撮って送るように言われていたので、あとで何か送っておくことにしよう。

「みんな集合したか～？　車酔いが心配だったら、薬局で酔い止め買っておいて、それとサービスエリアまでトイレもないから、コンビニで済ませておいて、あとそれと……」

集合場所では、桐生さんが腰に手を当てて、旅行前の心得や準備について、めずらしくキビキビと説明をしている。いつもは僕か樋山《ひやま》さんがやっていることだ。

「めっちゃ張り切ってますね」

隣にいる樋山さんに声をかけると、

「みんなが来てくれて嬉《うれ》しいのよ。てっきり、わたしたちともう1人ぐらいって思ってたみたいだから、7人って聞いてウッキウキでレンタカー借りに行ってたし」

「へえ……」

かわいいところもあるものだ、と思った。

「ふあぁ……恭也《きょうや》、俺って運転とかしなくていいんだよな？」

貫之《つらゆき》がたまらなく眠そうな顔で聞いてきた。

「行きは桐生さんで、帰りは僕と交代になると思う。貫之は朝まで原稿やってたの？」

「ああ。恭也の指摘してくれたとこ、一気にやってしまおうって思ってな。夜から50枚ぐらい書いたらもう眠くて」

「それはきついよ、まあ車の中で寝てて大丈夫だから」

言うと、「わかった」と大あくびをしながら、さっそく後部座席に乗り込んだ。

「楽しみやねえ、貫之《つらゆき》くんの本」

シノアキの言葉に、僕もうなずいた。ナナコを含め、3人それぞれのサポートに入っていることについては、すでに情報を共有していた。

その方が、何か気づきが生まれるかもという期待もあったし、自分だけが……という引け目を感じなくていいと思ったからだった。

「がんばりどころが見つかったっぽいからね。あとはもう、貫之におまかせだよ」

人気のあるラノベと貫之の作品を読み比べた結果、出てきたポイントを僕なりにかみ砕いて彼に説明をした。

それは感情の流れだったりカタルシスの作る場所だったりと、貫之ならば当然把握しているぐらいの内容だったけど、やっぱり第三者からの指摘は有効に働いたみたいだった。

こういうのは、どうしても書いている本人が気づかないことがあるらしい。

「シノアキの方はどう？　カバーイラストのラフ、まとまりそう？」

「うん、ラフを何点かまとめてるから、それができたら恭也《きょうや》くんにも見せるね」

担当編集の人にも許可をとり、シノアキのラノベ挿絵仕事についても、僕はしっかりと関わることになった。どうしても少し引きの構図になりがちだったシノアキの絵に、他の作品との差異を説明して、ややアップ目のものにシフトしようとしていた。

（まあ、シノアキは大丈夫そうだな）

元々、先方のNGの少なさが逆にこわかったという話だ。シノアキ側の納得が得られれば、話はそうこじれないだろう。

「よし、じゃあ僕らも乗ろうか」

コンビニから戻ってきたメンバーを見て、僕も車の方へ移動しようとした。

「ねえねえ、恭也」

その僕の背中に、ナナコが声をかけてきた。

「あの、英子《えいこ》から聞いたんだけど……」

英子、つまり河瀬川《かわせがわ》からという話に、ちょっとだけ不穏な空気を感じた。

ナナコと河瀬川は、学祭の歌の件をきっかけに、すごく親密というか、仲のいい友だち同士になっていた。タイプは全然違うけど、河瀬川が言うには、「橋場《はしば》のことで色々と意気投合したのよ」という理由で仲良くなったらしい。僕は気が気じゃない。

「河瀬川から？　何を？」

「1回生の、あのちょっと名字の難しい子。えーと、なんだったたっけ？」

「竹那珂《たけなか》さんのこと？」

「そ、そう！　その子のこと！」

ああ、とうなずきつつも、頭の中では、「うわあ、そこに来るか」という気持ちでいっぱいだった。おそらく、以前になんばの街で偶然出会ったあのときからの話を、河瀬川《かわせがわ》なりにナナコへと話したのだろうと思われた。

それだけなら別にいいのだけど、おそらくこの話には脚色というか、河瀬川なりの違った解釈が含まれているに違いない。

（また新しい子を捕まえて云々《うんぬん》、って言われたらめんどくさそう）

思ったその矢先に、

「かわいい子……みたいね。恭也《きょうや》のファンっていうか、弟子みたいな存在って聞いたんだけど、それってどういう関係なの？」

はい、確定しました。河瀬川さん、ばっちりしゃべっていますね。というか弟子だなんて初めて登場したワードなんですが！

「映像のことだったり、企画のことだったり、そういうのを勉強したいって言ってたから、それで聞かれたことに答えてるだけだよ。弟子とかそんなんじゃないよ」

「で、でも、それってなんか、距離って近くならない？」

「ならないって！　今日だって普通に別行動だし、いっしょについて来てるわけじゃないしさ」

……実際、少しばかり来たがってたのを、きっぱり断ってよかったと思う。

「ほら、時間だしナナコも乗っちゃって」

ナナコは、不満げに僕の顔を「う〜っ」とにらみつつ、車へと乗り込んだ。ほんとこの分だと、何を言われたんだと心配になる。

と、そこへ原因が近づいて来た。

「対応に困ってたわね、『パイセン』。楽しそうじゃない」

「とりあえずその呼び名はやめて、お願いします」

河瀬川《かわせがわ》英子《えいこ》、いつもと同じすました顔をしている。

「それで、ナナコになんて言ったの？　完全に誤解してるやつじゃん」

「先に言っとくけど、わたしはあくまで一般的な見地でものを言っただけよ。弟子がどうのってのも、外側から見たらそう見えたってだけ。あとはナナコの妄想と想像」

「そうなのかもだけど……」

うぬぼれるような言い方になるけど、彼女は僕に好意を持っている。その意思もすでに示している。その上で、今は創作に打ち込むときと決めていて、返事は僕の方から保留にしてある。

だから、ナナコが微妙な反応になるのも、わからなくはない。ないんだけど。

「後輩で僕のやってきたことに興味を持ってて、それで色々教えて欲しいって言われたから、教えるよってなっただけなのに」

河瀬川は、僕の言葉に大きくため息をついて、

「貴方《あなた》のそういうところ、理解はできるけどほんっと毎回ムッとするわね」

「……すみません」

けどまあ、河瀬川にはこれまでにも何度か『そういう』話をしてきたし、その度に、「しっかりしなさい」「ハッキリすればいいじゃないの」と回答をされてるわけで、なのにずっと決めかねている僕は、何も言い返せなかった。

そこにきて新入生のかわいい女子と仲良くしていたら、あきれられても仕方ないのかなとは思う。

◇

今回の目的地は、福井《ふくい》県の敦賀《つるが》というところだ。

大阪《おおさか》からそう遠くなく、だいたい３時間ぐらいで着く上に、海鮮市場やバーベキューなどもできるキャンプ場もあるということで、桐生《きりゅう》さんから推薦があった。

「いやもうほんと穴場なんだよ！　大芸《だいげい》の連中だと、ほとんどが和歌山《わかやま》とかそっち方面に行くんだが、福井ってそんなに遠くないし、何より海鮮がめちゃうまいから最高なんだよなあ～」

桐生さんは上機嫌で車を運転しながら、いかに福井は素晴らしいかを力説し始めた。これまでそんなに福井《ふくい》推しだったっけ、この人。

「そんなに福井にくわしいとは知りませんでしたよ。前に行ったときもすごく良かったんですか？」

ここまで褒めるからには、よほどいい体験をしてきたのだろうと思ったら、

「いや、行くのは初めてだが」

「……は？」

「福井出身の友だちがいてさあ、そいつがめっちゃいいって言ってたのを覚えてたんだよな〜。だから俺もすごく楽しみなんだよ！」

車内が一気に不穏な空気へと包まれた。

「おいおい、大丈夫なんですか、行ったことがないって」

貫之《つらゆき》が怪訝《けげん》な顔をすると、

「これまでのことを考えれば、嫌な予感がするわね」

河瀬川《かわせがわ》も完全に同意する。

「みんな心配性だなあ！　そんなこと言ったら、グルメサイトも旅行ガイドも全部初めてでアテにならないってことでしょ、大丈夫だよ！」

いや、そういうサイトこそちゃんと体験談の口コミが載ってるものだから。

「まあ、めずらしく事前のリサーチというか、他の友だちにも評判とか聞いてたみたいだ

し、ひとまず行ってみようよ」

これもめずらしく、樋山《ひやま》さんがフォローをした。僕らも「そういうことなら」と納得して、それ以降は不安がるのをやめた。

たしかに、桐生《きりゅう》さんは社会人になって少しだけ変わった。僕に対して、突然わけのわからない遊びの提案をすることもなくなったし、飲み会の予約も自分で取るようになったし、部の女の子にコスプレを懇願するようなことも一切なくなった（これは樋山さんの目が厳しくなったのもあるけれど）。

だから、ちょっとは信頼してもいいのかもしれ……。

「あれ？」

あと10キロで敦賀《つるが》というところで、フロントガラスにバチバチと何かが弾《はじ》ける音が響き始めた。

「あの、雨降ってきたんですけど」

「え？　そんなバカな、ちゃんと天気予報見てきたぞ、今日は1日中晴れで雨なんかまず降らないって」

少々、動転している様子を見せる桐生さん。

しかし、雨音はどんどん強くなるばかりで、さっきまで晴れ間の混じっていた空も、いつの間にかグレー一色の曇天へと変わってしまっていた。

「天気予報、昼から雨で降水確率90%って出てるぞ」

携帯で天気予報を確認しながら、貫之《つらゆき》がぼそりとつぶやく。

「う、うそでしょ、そんなことないって、昨日たしかに予報をちゃんと確認したんだって！ そこではちゃんと1日中晴れって」

抗弁する桐生《きりゆう》さんに、樋山《ひやま》さんが何かに気づいた様子で、

「あのさ、もしかしたら……もしかしたらなんだけど」

「はい？」

「あんたさ、大阪《おおさか》の天気予報見てたんじゃないでしょうね？」

あ……という察した空気のあとの、全体を包み込む無言。

しばらく、たぶん2〜3分はゆっくり経《た》ったあと、桐生さんは消え入りそうな声で、

「…………すみません、大阪地方の天気見てました」

車内に、はぁ〜、というため息が充満していった。およそそんなことだろうと、思っていたことがそのまま現実へと取って代わった。

「あれ……何の音？」

「なんか車の外でバチバチ言いよるねえ」

後部座席で寝ていたナナコとシノアキも、雨音で目が覚めたようだった。

シンと静まりかえる車内。やっちゃった、という苦笑交じりの僕らと、運転席と助手席

でバチバチ繰り広げられる戦い。

誰の目から見ても攻勢は助手席の樋山さんにあり、運転席の桐生さんの命は、風前の灯《とも》火《し》《び》と言ってよかった。

大きな大きなため息が助手席から漏れたあと、

「あんた、あとで車から降りたらお仕置きね」

「はぁい……」

ドスの利いた樋山さんの声と、かすれるような桐生さんの声。

ああ、なんだかいつもの光景だなあと、妙に懐かしく思った。

◇

結局、予約していたバーベキュー場は雨で使えなかったので、海鮮市場の人に聞いて、屋根のあるバーベキュー設備をチェックし、連絡を入れた。

平日でしかも雨ということがいい方に作用し、なんとか予約なしでも使わせてもらえることになった。

「いけました。7人で大丈夫みたいです。これから2時間後で問題ありません」

みんなから、安堵《あんど》の声が上がった。3時間かけてここまで来て、何もせずに帰るという事態だけは避けられたようだった。

とりあえず解決はしたので、買い込んだ海産物を車の荷室に詰めながら、桐生《きりゅう》さんに声をかけた。

「なんとかなってよかったですね、桐生さん」

いつもなら、ハッシーを連れてきた俺の手腕とか、この豪運があってこその俺なんだよなあとか、そういう軽口で返してくれるはずなのだけど、

「うん……ほんと、すまないな」

返ってきたのは、びっくりするほどにしょんぼりした、らしくない言葉だった。

「あ、あの」

戸惑いを隠しきれずにいると、うしろから樋山《ひやま》さんが肩をたたいて、

「ありがとね。ほんと最後はいつも橋場《はしば》くんに頼っちゃってごめん」

「いいんですよ、それより、桐生さん大丈夫ですか？　本気で元気なさそうですけど」

樋山さんは桐生さんの方を見て苦笑すると、

「なんかね、今日だけは本当にしっかりしてるとこ見せたかったっぽいよ」

「え……？」

当の桐生さんは、そそくさと運転席に乗り込んで、エンジンをかけた。ちょっと、僕らの会話から逃げるような感じにも見えた。

「これまでずっと橋場くんには世話をかけてたからね。卒業してちゃんとしなきゃってなって、それでこの失敗だったから、本気で落ち込んじゃったみたい」

「そんな、気にしなくていいのに」

スチルカメラのこととか編集のこととか、僕は技術的な部分で桐生さんには本当にお世話になっていた。

だから、どちらかというと僕が得意な分野である、こういう準備だったり段取りだったりについては、まかせてくれればと思っていたけど。

（本人としては、思うところがあったのかもな）

で、最後ぐらいはって意気込んだけど、そこにちょっとしたミスがあった。よほど悔しかったんだろうなと想像できた。

ウキウキしながらレンタカーを借りに行った桐生さんの姿を思うと、なんだか少し、さみしくなってしまった。

「もう、こうやってみんなでどこかに行くのも、そうそうないだろうしね」

雨の落ちてくる真っ暗な夜空を見つめて、樋山さんはしんみりとつぶやいた。

そう、これだけの大人数が揃《そろ》うことなんて、これからは間違いなく減るだろう。というか、今回が最後だと言われてもおかしくない。

みんな忙しい中で、時間を繰り合わせたのも、なんとなくそのことがわかっていたからかも、と思った。

「それじゃ、いこっか」

「はい」

足早に車に乗り込むと、ワンボックスカーは少し重たそうに、ゆっくりと夜の海岸線を走り出した。

なんだか少しだけ、すでにもうこの名残を惜しんでいるように見えた。

◇

不幸中の幸いというか、バーベキュー場はいいところだった。

設備も新しく清潔で、雨が降り込まないように、屋根を大きく取っているのもありがたかった。

「よかった、これなら天気も関係なく楽しめ……」

言いかけた僕の横で、桐生《きりゅう》さんの声が爆発した。

「うおおお～！　これだよ、こういうのを楽しみにしていたんだよ～!!」

さっきまでのしんみり具合はどこへ行ったのか、バーベキューの設備にテンションが高まり、猛然と準備を始めた。

桐生さんはエプロンの紐《ひも》をキュッと勢いよく締めながら、

「よし！　じゃあ俺はこれからこの魚介類をバキバキッと捌《さば》いていくぞ！」

絶対に存在を知らないはずの、未来の人気ユーチューバーみたいなことを言い出した。

「ハッシー、俺はこの貝たちを片っ端から開けていくぞ！」

「はい、よろしくお願いします」

「開けていくぞ！」

「え、あの、ですからお願いします」

僕と桐生さんの目が合った。あふれ出るやる気はともかくとして、確実に彼の目は「実はよくわかんないから教えて」と語っていた。

「あの、じゃあ僕はこれやってますから、桐生さんはみんなに指示を」

「そっ、そうか、すまないな！　じゃあよろしく頼む！」

苦笑しながら、僕は専用のナイフを使って牡蠣《かき》の殻を開け始めた。

桐生さんは車から段ボール箱を抱えてくると、それを炊事場の端へと置いて、

「シノアキちゃん、ナナコちゃん、それに河瀬川《かわせがわ》ちゃん！」

後輩の女子3人を呼び寄せると、

「こちらの野菜、3人で手分けしてズバッと切っていっちゃって！」

「は、はい！」

「わかりました〜！」

ナナコとシノアキはすぐに元気よく返事をしたが、河瀬川《かわせがわ》だけはタマネギを手に取ってジーッと見つめている。

「か、河瀬川ちゃん、何か……？」

前の学祭での一件以来、すっかり彼女に頭の上がらなくなった桐生《きりゅう》さん。極めて低姿勢に伺いを立てると、

「野菜、切り方に指定はあるんですか？」

「へ？」

「どういう構想でバーベキューをするつもりなのか、です。たとえばナスだったら、丸ごと焼くのか切って焼くのかで大きく変わりますし、ピーマンも2等分でいいのか4等分でいいのか、コンセプトによって変わってきます。あ、エリンギもあるんですね。これにしたって、縦にそのままスライスするのか、ホイル焼きにするのでも変わりますから、ただ漠然と切ってくれと言われても判断の材料が少ないです。それに……」

「ひ、ひぃっ、その辺はもう河瀬川ちゃんにまかせます！　あ、貫之《つらゆき》くん、俺といっしょに火起こししよ、火起こし!!」

「う、うっす、わかりました！」

追及から逃れようと、たまたま側《そば》にいた貫之を連れて、火起こしの方へ去って行った。

「ちょっと、まだ話は終わってないですよ！　とりあえずコンセプトだけでも聞かないと、この先の作業が！」

「お、おまかせします！　お客様にすべておまかせいたしますのでこれ以上わたくしには立ち入れませんのでどうかご容赦を！」

　客先で覚えたのか、インチキくさい丁寧語をばらまきながら、桐生さんは河瀬川からの追撃から逃げ惑っていた。そんないつもの光景が繰り広げられるのを、僕はクスクス笑いながらずっと見つめていた。

「わたし、手伝うね」

　樋山《ひやま》さんが横から牡蠣《かき》を手にして、同じように開け始めた。

「ありがとうございます。桐生さん、元気出てよかったですね」

「ね。ほんっと、お祭り好きなんだから」

　桐生さんが、火のついた炭を前にして必死にうちわで風を送り込んでいる様子を、僕と樋山さんは少し離れたところから見つめていた。

「あいつがさ」

　樋山さんが、桐生さんを眺めながらつぶやいた。

「いくら夢だってわかってても、覚めない方法ばかり探してるって言っててね。そんなことばっかり言ってるから何年も大学にいるのよってそのときは怒ったけど、今はちょっと、その気持ちがわかる気がする」

「そうですね、僕も」

「楽しかったなあ。これからもきっと楽しいことはあるんだろうけど、今のこの楽しさとは、きっと全然違うものなんだろうね」

樋山《ひやま》さんは一瞬、目に手をやった。僕もまたこみ上げるものを感じたので、一瞬、無言になった。

「ひとまず切っていきましょう。まだお肉とかも残ってますし」

「あ、そうだったね。あいつ調子に乗って山ほど買ってたから、早くしないと」

この祭りも、今日で終わってしまう。すごく楽しいのに、どこかさみしい1日は、瞬く間に過ぎていった。

◇

皮肉なことに、バーベキューが終わりを迎える頃には、雨はすっかり上がっていた。

桐生《きりゅう》さんは「運が尽きた」「これが江戸時代なら俺は腹を切ってた」と嘆きまくっていたけど、みんな結果的に楽しい1日だったし、これでよかったように思う。

機材を片付け、掃除をして、気がつけばもう夜もかなり遅い時間帯だった。あわてて車に乗り込み、夜の高速を大阪《おおさか》に向けて走り出した。

路面は少し濡《ぬ》れていたけど、危険を感じるレベルではなかった。スピードに気をつけつつ、法定速度で暗闇を走り抜けていく。

走り始めこそ、みんなあれこれと今日の感想を話していたけど、車が京都に入る頃には、ほぼ全員が眠りの中にいた。

「こんなに騒いだの、本当にひさしぶりじゃないのかな」

運転席から、ミラーでうしろの様子を軽く確認する。見事に、ほとんどが目を閉じて気持ちよさそうに寝息を立てていた。

「騒いだのもそうだけど、アルコールも相当なものだったわよ。特に男2人とナナコがもう、ひどかったわ」

助手席の河瀬川《かわせがわ》は、あきれたようにうしろを振り返っている。

「うにゃ……ん……英子《えいこ》、もう寝てるぅ……?」

「起きてるわよ。ナナコ、いいから寝てなさい」

「ん、もぅ……英子、おかあさんみたいなこと言わないで……すぅ……」

ギリギリ、眠りの世界と行ったり来たりしていたナナコも、どうやら限界が来たらしい。

ほどなくして、みんなと同じように寝息を立て始めた。

「ありがとう、河瀬川が起きていてくれて、眠くならずにすみそうだよ」

「そう思って、わたしもお酒やめておいたわ。その代わり、今度別のときに付き合いなさいよね」

「う……うん、まあ」

少々、煮え切らない返事をする。

最近になって、河瀬川《かわせがわ》とお酒を飲みに行く機会ができたのだけど、彼女の酒癖は、普段の落ち着きぶりから考えれば、正直いいとは言えないものだった。

酔って僕に説教を始めるのは序の口で、やたらと自分を卑下して、フォローするとそのフォローに対して怒るのは次の段階で、最後はひたすらブツブツと何かに文句を言いつつテーブルに突っ伏して寝る、というのが河瀬川飲酒三段活用だ。

僕はその段階になると、ため息をついて会計を済ませ、背中でずっと愚痴を言っている彼女を背負って、住んでいるアパートまで連れて行くのが常だった。鍵を開けて中に放り込み、ちゃんと中から施錠するまでを確認しなければいけないから、それなりに大変な工程だった。

うっかり一度だけ、「河瀬川の服やカバンから鍵を探すのが毎回面倒だから」みたいなことを言ってしまったために、合い鍵を作れっていうの！　とか動物園の係員みたいに腰にぶら下げておくことにするわ！　とか言い出したので、基本的に彼女の酒癖については何も触れずに下僕となる覚悟を決めたのだった。

まあでも、今日受けた恩にはしっかり報いたい。

出かける前に話していた竹那珂《たけなか》さんの話、酒宴が始まってから、ガッチリとアルコールの決まった状態でナナコが蒸し返してきた。河瀬川が良い感じに助け船を出してくれなければ、大変なことになっていたかもしれなかったのだ。

「ナナコと話してるとき、間に入ってくれてありがと」

「どういたしまして。ねえ、一応聞いておくけど」

河瀬川は、ちょっとだけこわい顔で僕の方を見て、

「あの竹那珂って子とは、何もないのよね？」

「ないないない、本当にないって。同じバイトだから話す時間が増えたってだけで、そもそもあの子の家がどこにあるかも知らないぐらいなんだから」

多少、早口にまくし立てたせいでなんだか不自然になったけど、河瀬川は「そう」とだけ答えて、納得した様子だった。

「橋場《はしば》、変わったものね。バイトに行くようになってから、ちょっと口調が若くなったし、話題にしてもゲームの話ばっかりになった」

「そう、かなあ」

たしかに話題は自然とそうなったかもしれない。でも、そもそも過ごす時間が変わってきたのだから、仕方ないように思えるけど。

それぞれの道を歩んでいるならとてもいいことじゃない。そう、河瀬川《かわせがわ》だって言ってたはずなのに。

「怒ってる？」

「怒ってないわよ。いつも怒ってるみたいで悪かったわね」

まあ、たしかにいつも通りの反応ではあるんだけど。

「……でも、ちょっと考えたりはしたわ」

「何を？」

「別にあの子がどうとかじゃなくて、こんなにあっさりと、時間が経《た》つと関係って変わるんだなって」

素直に「うん」とだけうなずいた。

「すべて納得済みで、頭ではぜんぶ理解していて、仕方ないとかそういう消極的なものでもなくて、わたしたちはみんなしっかりと先を見つめて、その上で別々の道を歩いている。とても喜ばしいことだし、普通、みんながみんなこうはいかないと思う」

それは本当にそう思う。

芸大に限らず、普通の大学や別の学校でも、脱落したりズルズルと心地よい関係を引っ張ったり、何度も延長戦をしてしまう状況は起こりうる。

夢はいつか覚める。だからそれが覚めたとき、しっかりと立てるように足場を作ることがとても大切だ。

「なのに、考えてしまうのよ。橋場《はしば》についてもそうだけど、誰かが変わったことで、変わっていない自分が嫌になったり、もっと極端な言い方をすれば、自分以外の誰も変わって欲しくない、って思ったりもする。未来を見据えてキラキラしてる人がうとましくなる。裾をつかんで、引き下ろしたくなってしまう。最低よ」

言葉を返すことが、なにひとつできなかった。

それは、シェアハウスのみんなに対しての、少し前の僕であって、元いた10年後の世界の僕でもあった。

「1回生のときも2回生のときも、なんだか夢中で動き回ってたわ。橋場と、あとみんなといっしょに撮影をして、制作をして、こうやってサークルで遊んで。なのに、上級生になったら一気に空気が変わって。そういうものだって割り切っているはずなのに、どうしてもさみしくなって」

運転中だからよそ見はいけないけれど、チラッと彼女の横顔を盗み見た。

さみしそうな、少し泣きそうな、そういう顔ではあったけれど、それでも僕には、後悔をしているようには見えなかった。

「ずっとこのままいっしょにいようねなんて、あり得ないから大嫌いな言葉なんだけど、つい口に出しちゃう気持ちが、わかってしまったわ。そんなの、絶対にわかりたくなんかなかったのに。こんな気持ちになるぐらいなら、最初からゼロの方がよかったんじゃないかって、どうしようもない考えになってしまうの」

車はなおも駆けていく。止まることもなく、この祭りを終えるために走って行く。

その気になれば、延長できる方法なんていくらでもある。車の調子が悪いからちょっと休憩しましょうとなれば、また楽しい時間が戻ってくる。サービスエリアにでも停《と》まって、みんなを起こして、またお土産を見たりして、今日の思い出を振り返って、外でコーヒーを買って夜空を見ながら話をして、そして、そして。

でもまた、終わりのときはやってくる。延びた時間の分だけ、それはつらくなる。始まりの楽しさは、終わりのさみしさと等価交換だから。

「うまく言えるかわからないけど」

ハンドルを握りながら、僕はつぶやく。

「さみしいって思えるぐらいになったのなら、幸せなことなんだと思うよ。元々失ってもいい、ぐらいのことしか得られなかったなら、それまでの時間が穴だらけだったってことだし、失いたくないぐらいキラキラしたのなら、大切に時間を使えたんじゃないかな」

元々いた時間のことを、思い出しながら僕は話し続ける。

今になってみれば、あの頃のことも思い出や経験としてとらえられるけど、失ったところでかまわないと思った時期もあった。

すべてを肯定的にとらえられるようになったのは、一度あの未来に行ってからだった。

今僕の横にいる彼女が言ってくれた、言葉を聞いてからだった。

「世の中にはさ、無駄なものなんて何ひとつだってないんだろ?」

河瀬川《かわせがわ》の視線が、僕の方へ向いたのがわかった。

視線をそっちに向けたわけじゃないけれど、きっといつもの、怒ったような悔しいような、そんな表情だったに違いない。

「悔しいわね、貴方《あなた》にそれを言われるなんて」

「僕だってどうしようもない思考に陥ることがあるけど、その言葉でぜんぶ引っくるめて考えることができたんだ。とても、感謝してる」

河瀬川は無言だった。仮に口を開いたとしても、「なによ」なのか「うるさいわね」なのか、そんな照れ隠しの言葉が出てきていたに違いなかった。

車はなおも真っ直《まっす》ぐに夜の道を駆ける。みんなの寝息以外、何も聞こえない車内で、僕は去年のことを思い出していた。

みんなで白浜《しらはま》に行ったときに、めずらしく、河瀬川が自分のことをポツリと語ってくれたことがあった。あとでさみしくなるから、楽しいことに交ざらないようにしていたけど、それはやめて、できる限り交ざるようにしようと考えを改めたこと。

今、彼女はまさにそのさみしさと向き合っている。

「あのさ、河瀬川《かわせがわ》」

口を開くと、いつものように、

「なによ」

ちょっと強気な、だけど照れたような声が返ってきた。

「覚えてるよね、白浜《しらはま》に行ったときに君が言ってたこと」

返事はなかった。肯定なのだろう、と思った。

「みんなと交ざって、後悔してる？」

あえて、そう聞いてみた。

しっかりと否定して欲しいなという、期待を込めて。

「…………」

河瀬川は、すぐには答えなかった。黙ったまま、ずっと目の前の景色を見つめていて、自分の中で何度も何度も、僕の質問を反芻《はんすう》し、そして思い出しているようにも思えた。

やがて、次第にその表情が柔らかくなって。

「いいえ、してないわ」

フッと息をつくと、

「後悔なんか、してない」

「そっか」

いつもの強い言い方ではなかったけれど。しっかりとそう言ってくれたことで、僕も前を向こうという気持ちが、強くなった。

「3回生、か」

なんとなく、そうつぶやく。

「そう、もう3回生、よ」

走り抜けた2年間が終わった。僕にとって、2度目の大学生活は、特別なことがたくさん起こりつつも、それでもあっという間に後半戦へと移った。

ナビが、500メートル先の分岐を曲がるように指示を出した。ハンドルを回すと、車がゆっくりと左へとカーブして、元々走っていた道が、ゆっくりと遠ざかっていった。

ここから先はもう、まっすぐの道の先を見ることはできない。曲がった先に、何があるのかも、今はまだわからない。

(大切に過ごさなきゃ、な)

普通に生きていたら、与えられるはずのないリメイクのチャンス。

遠い記憶の中で、誰かにそのことを教えてもらったような気がする。だけど今はもう、それが何だったか、誰からだったのかも思い出せない。

ひょっとしたら、この10年を巻き戻したことすらも、どこかの時点で完全に消えてしまうのかもしれない。

でも今はまだ、みんなとの記憶がある。過ごした時間の思い出もある。

(忘れないよ。覚えたまま、未来へ持って行くんだ)

少しずつ環境は変わっても、大切なことはきっと残るはずだから。

うしろに並んだみんなの顔を、そして隣の河瀬川《かわせがわ》の横顔を、僕はしっかりと目に焼き付けた。

7月になり、梅雨が終わった代わりに、肌を刺すような暑さがやって来た。

大学のある辺りは湿度の高い暑さなのに比べて、バイト先のあるビル街は、湿度に加えてジリジリと焼き付ける暑さもプラスされているような気がする。どちらにせよ、外を出歩く人間にとってはつらい時期だ。

「あっついなあ……」

つい口をついて出るぐらいには、暑さはヤバい領域に達していた。

地下鉄の駅から会社までの道を、汗をかきながら歩く。

「パイセン、おはようございますっ！」

うしろから、竹那珂《たけなか》さんにあいさつをされた。

いつもながら、派手な色彩の服装が絶妙なバランスで似合っている。

「おはよう、めっちゃ暑いのに元気だね、竹那珂さん」

「そりゃもう、自分これだけが取り柄でやってますから！」

別にそうでもないけど、たしかに元気のない竹那珂さんというのは想像がしにくい。元気でいてくれるというのは、それだけで周りの人にいい影響を与える。

ムードメーカーというのは、ただそれだけで貴重な存在だ。

「今日、ついに例の発表の日ですよね……！」

「そうだね、何があるのかな」

堀井《ほりい》さんから、何かしらの話があるというのは、先週末の段階で言われていた。

ただ、それよりも前から、僕は茉平《まつひら》さんからそのことについて聞いてはいたけど。

何なのだろうと思案しつつ歩いていたら、もうビルのすぐ前まで来ていた。

（まあ、悪い話じゃないと聞いてたし、心配はしていないけれど）

でも、あの堀井さんのことだ。きっと、何かしら考えてのことに違いない。

いささかの緊張感を含みつつ、僕はビルの中へと足を踏み入れた。

◇

出社してすぐ、僕と竹那珂さんは、予定通り会議室へと呼ばれた。向かった先には茉平さんがいて、僕らへ座るようにうながした。

「前にも言ったとおり、そんな変なことや嫌なことじゃないから。楽しみにしてるぐらいでちょうどいいと思うよ」

状況を把握している茉平さんは、ニコニコ笑いながら待機している。

悪い知らせではないと言われてはいるものの、何が起こるのかわからないものを待つ、というのはそれだけで心の不安になる。「言おうと思ったけど今度言うね」が嫌いな人にとっては、こういう状況は生き地獄になるだろう。

「どどどどうしましょう、タケナカ、素行不良でクビになったら！」

「それだけは絶対にないから、安心して」

「ははは、そうだね、絶対にないね」

僕と茉平《まつひら》さんが同時に言う。

バイトを始めて3ヶ月、僕はともかくとして、竹那珂《たけなか》さんはすっかり開発部におけるマスコットキャラになりかけていた。仕事は懸命にやるし、能力もあるし、何よりも愛嬌《あいきょう》と元気の良さが、部全体にいい影響を与えていた。

（先生の話していた通り、まさに逸材だな）

なかなか、入学したての1回生をプロの現場に推薦しないと思うのだけど、この現状からすれば目利きに間違いはなかったということだ。

ともあれ、そんな彼女がクビなんてことはまずあり得なかった。

しかし、異動とかそういうもの以外となると、いったいなんだろうか。

「はい、お待たせしました。それじゃ始めましょうか」

考えていたら、その発表を行う当人である堀井《ほりい》さんが会議室に入ってきた。

僕らはさっと席を立つと、堀井さんは即座に「いいよいいよ、座って」と言った。こういう形式ばったことが苦手みたいだと、茉平さんが言っていた。

席に座り直すと、堀井さんはいきなり話し出した。

「今日はお2人にお願いしたいことがあって、呼び出しました。やきもきさせるのも悪いから、いきなり本題に入りますね。橋場《はしば》くん、そして竹那珂さん」

「はい」

「はいっ！」

そろって返事をしたのを、うなずいて確認すると、

「これから、2人には企画を考えてもらいます。期限は2週間。8月に入ってすぐに部内の企画会議を行いますので、それまでにプレゼンのシートを作ってきてくださいね」

ポカーンと、思わず口を開けて聞いてしまった。

「え……」

何も返答ができなかった僕とは対照的に、竹那珂さんはびっくりして立ち上がると、

「えええええっ、いいんですか、企画を考えていいんですか！　タケナカ、クッソど素人ですけど、それでもいいですか⁉」

「いいんですよ。むしろ素人の方がいいんだ、今回は」

言って、堀井さんはA4サイズのシートを僕らに配った。

「今回の企画コンペの目的は、新しいタイプの企画を得ることにあります。ご存じの通り、弊社サクシードソフトは、ソフトウェア開発のジャンルにおいてはそれなりに歴史のあるメーカーです。ゲーム作りに関しては、PCからコンシューマまで幅広く手がけることができる経験の豊富さが売りですが、対してそれは、保守的、閉鎖的であることにもつながります」

資料には、現在までに発売されたソフト、そして近年発売されたソフトの売り上げや反応の強さなどについて詳しく記されていた。

「開発部員の中で企画を募集しても、どうしても偏りが発生します。そこで、まったく新しい観点から、君たちに企画を出してもらいたいと思い、今回の話を持って来ました」

さらに資料をめくると、企画考案時の注意事項が書かれていた。

「会社にある資料の閲覧や、僕、そして茉平《まつひら》くんへの質問は何なりとしていただいてかまいません。ですが、他の部員たちへの質問はしないようにしてくださいね」

ついで、企画の仕様についても説明があった。

書式は自由。画像を使おうが文章を多くしようが割合は本人にまかせるとしてあった。音声や動画は、説明時の資料として使う分にはOKだが、BGMとして流すのはNGということだった。データ形式はスライドでの上映ができるものということで、ページ数は10ページ以内とされた。

「あまり長々と話すことでもないからね。シンプルに魅力を伝えるなら、10ページもあれば充分だと思う」

堀井《ほりい》さんの説明が終わったところで、

「質問です」

茉平さんがスッと手を挙げた。

「今回は僕も企画を考えるということでいいんでしょうか？」

堀井さんは大きくうなずくと、

「そうだね、橋場《はしば》くんたちの企画と比較するためにも、君の企画も出してもらえるとありがたいです」

「なるほどね……わかりました」

気のせいか、茉平さんが薄く笑ったように見えた。

「さて、じゃあこれから２週間、ぜひぜひがんばってください。もし企画として正式に採用されたら、アイデア考案の方には正式にスタッフとして中心で関わっていただくことにします。全力で取りくんでください！」

◇

かくして、僕らに課題が与えられた。

これまでは、ひたすらデバッグや資料集めばかりだったのが、急に重要な業務に関わる内容とあって、正直緊張がヤバいことになっていた。

「ぱぱぱパイセン、どどどうしましょう、タケナカ、企画なんて考えたこと、高校の文化祭でやった激辛クレープ耐久お化け屋敷ぐらいしかありませんよ!!」

それはそれでちょっと興味があるけど、

「あのおっかない加納《かのう》先生を前に、プレゼンシートを作って乗り込んだんだろう？　いけるいける」

「あ、あれはその、パイセンに会いたいっていう気持ちだけが盛り上がってアレしただけなので……」

面と向かってそう言われるとちょっと照れるけど、要はそこまで盛り上がる感情とモチベーションが必要なようだった。

「ま、心配しないで大丈夫だよ」

「えっ！　ひょっとしてパイセンは経験済みだったりするのですか!?」

「いや、僕も経験なしだから仲間だねって意味だったんだけど」

目の前で「ショック!!」と言いながら頭を抱える竹那珂《たけなか》さん。なんというか、見ていて本当に飽きない子だ。

「パイセン、自分ちょっと聞いたことがあるんですよ」

「何を？」

「こういう、企画とかそういうのを通す極秘テクってやつですよ！」

明らかに怪しい空気が漂ってるけど、自信満々に笑っているから、聞いてみよう。

「まずですね、自分に備わった魅力を用意するんですよ」

「それって……何？」

「そりゃもう！　こないだまでＪＫだったこの身体《からだ》ですよ！　開発のお兄さんもおじさんも、みんな１００％弱いはずですからね！」

あ、やっぱりその路線か。

「企画の発表のとき、ちょっと胸元の開いた服を着たりとか、あとはなんかものを落として屈《かが》んでみたりとか、みんなの好きなシチュエーションをですね……って、パイセン聞いてますか？」

「竹那珂さんは、それをやって本当にいいと思ってるの？」

彼女の顔が、次第にくしゃくしゃになって、「うう〰っ」とうなり声を上げ始めた。

「もう！　もう！　ちょっとした小粋な冗談じゃないですか！　そりゃタケナカだって、そんなことで全部解決するなんて思ってないですよ！　でも、なんかこのままじゃ、何も勝てる手段がないなあって思って、だからせめて」

まあたしかに、空気は和んだ。

「でもこれはチャンスだよ。僕らにとって、とても大切な」

「チャンス、ですか？」

ああ、とうなずいた。

「堀井《ほりい》さんも言ってたけど、今のサクシードの開発部は、すごく保守的なイメージがあると思う。僕自身も、そういう印象を感じたことがたくさんある」

特に、今担当している携帯アプリなんかだと、社内でそれを担当すること自体が『ハズレ』という意識が強い。やはり花形はコンシューマで、あとはそれ以外とする受け取り方が、不文律として通っているように思う。

堀井さんは、その固定観念を覆したいと考えている。だから、経験も少なく企画に触れることもなかった僕たち学生に、こんな提案をしたのだろう。

「だから、ここでやっちゃいけないのは、なんとなくまとまってるゲームの企画を出してしまうことだ。それは、もっとも求められていないはずだ」

「それじゃ、何を求めているんでしょうか……？」

僕は、にっこりと笑って答えた。

「わかんないね」

「あああああ〜っ!!　パイセンが、パイセンがさわやかに自分をいじめてきます！　これはパワハラっすよ、訴えてやりますよ!!」

竹那珂《たけなか》さんには悪いけど、たたくと音の出るおもちゃのようだ。おもしろい。

(いじるのがクセになる前に、説明だけしておくか)

僕は、携帯電話を見せて、言った。

「たぶんだけど、ヒントはここにあると思う」

「ケータイに……ですか?」

今度は笑わず、しっかりとうなずいたのだった。

◇

喜志《きし》駅からのバスに1人揺られながら、僕はずっと企画について考えを巡らせていた。

「整理してみるか、最初から」

混乱しそうだったので、考える前提のところから見つめ直すことにした。

僕は未来を知っている。それはもちろん強みにもなるし、これからの企画を考える上では頼りがいのある要素となるはずだ。

その見地からすれば、ガラケー全盛だけど、ゲームといえばまだコンシューマ機が席巻《せっけん》している2008年は、まさにこれから起こる革命の前夜とも言えた。

では、それを予測した企画を作れば、最適解になるのだろうか。

「モバイル端末を主戦場にした企画を作って、課金システムなどを構想し、それをベースにしたゲームを提案する……か」

たしかに、この時代ならば間違いなく新しい。堀井《ほりい》さんの言うような、慣習、惰性で作られた企画ではなく、先をとらえた企画として評価されるはずだ。

でも、果たしてそれでいいんだろうか。

「結局、経験に依存しちゃってるんだよな、それだと」

たとえ、最終的に出る答えを知っていたとしても、それを先回りして出すことにどれだけの意味があるだろうか。意味のある場面でそれをするのならともかく、ここはどちらかと言えば、僕、橋場恭也《はしばきようや》自身の力を試されている場面だ。

ならば、未来の知識、未来チートを使うことそのものが、悪手なのではないだろうか。

「――未来の知識は、今回使わないようにしよう」

そう決めたからには、ノーヒントから考え直す必要がある。

「ここで何かを示せるかどうかで、この先のことが決まるんだろうな」

慣習を打ち破りたい。開発のボスである堀井さんが、自らそう言った上で僕らに振ったのだから、たとえ企画が採用されなかったにせよ、「これはおもしろい」と思わせるだけのものにしなければいけない。

これまでに経験してきたこと、これから先に何をしたいのかを、脳を振り絞って考える必要がある。

竹那珂《たけなか》さんの前で、携帯電話をヒントとして見せたのは、２つの理由があった。

１つはそのままの意味で、すでにイメージが決まって、審査する側のハードルも上がっているコンシューマ機よりも、これからのハードとして期待の持てる携帯電話のアプリの方が、より斬新なものが出てきやすい、というものだ。

そして２つ目。こっちの理由は、自分に向けてのものでもあった。

「何か異質なものと、ゲームを結びつけられないだろうか」

携帯電話でゲームをするという発想が生まれたのは、さほど意外なことではなかった。早い段階でミニゲームを遊ぶ流れはあったし、ガラケーがカラー化して解像度も高くなった頃からは、もうハードとしてのイメージすら生まれてきていた。

しかし、そこからの展開はまだ生まれていなかった。せっかく新しいハードがあるのだから、そこから結びつくものが欲しい。サクシードにあるすべてのものから、そこに至るヒントを探りたいと思った。

「こんな……誰も得られない機会を得たんだ」

自分の得たものをたしかめるように、両手を開いて見つめる。

そもそも僕は、この場にいていい人間じゃない。とんでもない幸運の下、普通ならばできない『やり直し』をさせてもらってる立場だ。

ならば、その幸運にしっかりとした理由をつけたい。僕が時間を飛んでここに来て、何かを生み出すことによって。

だから、それは未来チートのみに頼ることなく、僕自身が考え出す必要がある。

何の確証もアイデアもまだないけれど、それでもここでやらなければ、今を必死でがんばっているみんなにも合わせる顔がない。

(ここで頑張れなきゃ、意味がないぞ)

僕は、1人静かに拳を握りしめ、気合いを入れた。

◇

大きな課題を抱えて会社から帰ってきた翌日。

僕は、その課題以外のことで思いっきり考え込むことになってしまっていた。

「順調そうに見えたんだけどなあ」

悩んでいたのは、シノアキのことだった。

ラノベのイラストについて、チェックやサポートをするようになって以来、僕は彼女の出してきたものに意見を言ったり、場合によっては提案をしたりしてきた。

シノアキのイラストへのこだわりは、元々高いレベルにあるものをさらに高くするという、どちらかというと高度な話であって、現状上がっているものでも、商業作品のラインは余裕で越えていて、余裕を持って取り組める内容のはずだった。

しかし、今シノアキは、大きめのスランプに陥っていた。

ラノベの仕事はすでにキャラクターデザインが決まり、構図を作っていく段階になっていた。僕は今現在の傾向などを見ながら、アップの構図がいいのではないかと思って、それを提案した。担当編集さんも、ニーズに合っていていいですねと納得し、シノアキもうなずき、進行することになった。

同人ゲームのときの轍《てつ》を踏まないためにも、変に時短目的での楽な構図にならないように俯瞰《ふかん》にしたり、ポーズをしっかり作ったりと、シノアキが絵作りに飽きないような工夫もした。彼女の技量の高さも活《い》かしつつ、いい落としどころになったかと思ったのだけど、これが思うようにいかなかった。

「まさか、ここで考え過ぎちゃうなんて……」

シノアキは、ただ俯瞰を考えるだけでも、それこそ角度を細かく区切りながら、何パターンもラフを作っていった。素人目には、どれがいいとも言えないぐらい、すべて素晴らしいものだったけど、彼女はどれにも納得がいっていないようだった。

ここで止まってしまうのもこわいからと、担当編集さんからは別の特典イラストの制作を先に進められないかという話も出た。しかし、今ここで流れを切るのは逆効果だからと、僕の方から断ることにした。

思い返しつつ、彼女の部屋の前まで来ていた。

「シノアキ、いいかな？　入るよ」

ノックすると「ええよ～」と、いつものシノアキの声が返ってきた。

部屋に入ると、シノアキは一心に画面に向かって、ラフを切っているところだった。以前はアナログでラフを切っていたのだけど、気分を変える意味でもということで、デジタルでのラフ作業に移行していた。

デジタルでの作業自体は、アニメ制作のときに経験済みだったから、そこで手が詰まって止まってしまう、ということはなかった。

だけど、ラフはやはりまだ決まっていないようだった。顔だけ、身体《からだ》だけを描いて破棄したものが、レイヤーとして複数溜《た》まっていたけど、細かい作り込みにまでは至っていないようだった。

「ごめんね、なかなかラフが出せんで」

ちょっとしょんぼりした口調で、シノアキが謝った。

「そんな、僕の方こそ、いい指定が出せなくて……」

互いに、ちょっと気まずい空気になってしまう。

「ひとまず、明日までにまたラフを作っておくから、そこからまたお話をして決めていこうかなって思うんやけど……いいかな？」

「うん、もちろん。時間は夕方でいい？」

ええよ、とシノアキがうなずいて、打ち合わせは終わった。

「じゃ、あまり邪魔しても悪いから」

おいとましようと、そう言ってドアに手をかけたところで、

「ぜんぜん、邪魔なんかじゃないよ。恭也《きょうや》くんに見てもらって、助かっとるんやからね」

作業が詰まっていることなんかまったく出さない、いつものふんわりした声で、僕のことを気遣ってくれた。

「ありがとう、シノアキ」

でも今は、その優しさがちょっと胸にこたえた。

◇

自分の部屋に戻ってからもずっと、シノアキのことについて考えていた。

ここに至るまでの工程を再び見直して、どこか雑に済ませてしまっていた箇所がないかを確認する。もしそういったものがあれば、反省して修正をすることで、次はなくせるミ

スになるかもしれない。

だけど、

「特にないなあ……何も」

頭をかいて、大きく息をつく。

直接的な原因は、イラストの発注の部分だった。でもその工程自体に大きな問題があったわけではない。ただ、シノアキが今思い描いている理想型と、その発注の内容に開きがあったため、彼女が最善手を見つけられないでいる、ということだ。

誰かが悪いわけじゃない、という状況は、ある意味とても残酷に思える。原因をつぶせばそれで上手《うま》くいく、という単純なものではないからだ。

「またちょっと仕切り直しだなあ、これは」

構図の変更も含めて、対案を検討している旨をメールにまとめ、担当編集さんに送ることにした。ただこれも、即効性のあるものとは言えない。

皮肉にも、貫之《つらゆき》とナナコは、順調に作品作りを続けていた。

貫之は、あの真っ赤になって返ってきた原稿から、一気にクオリティを向上させることに成功した。『一読者』である僕からの要望に悲鳴を上げながらも、彼らしい負けん気によって次々と展開を思いつき、あとはもうギリギリまで完成度を高めるだけという状況になっていた。

ナナコも、僕が提案した歌曲に取り組む一方で、自分で考えて次の行動を起こす、という点で大きな成長が見えていた。僕といっしょにプロデュースについて考えるうちに、セルフプロデュースをしたいと考えたみたいだった。

「今のところ、２人は心配ない、か」

いったい、どこが違ったのだろう。

当然のことだけど、シノアキと他の２人で、その作業量やクオリティに差をつけたつもりは一切ない。分け隔てなく3人の仕事に向き合った結果、シノアキだけが思うように進まなかった。

貫之やナナコが順調に作品作りを続けていられるのは、僕が何かをしたからではなく、単純に彼らの素養に理由があるんじゃないか。僕のやっていることなんて、しょせんは混ぜっ返しに過ぎないんじゃないか。

そんな、マイナスのことばかり考えてしまいそうになる。

「あー、ダメだダメだ、考えちゃいけない」

頭を振って、悪い思考を吹き飛ばす。

プロデュースなんて、言葉だけとらえればかっこよく聞こえるけど、クリエイターの好不調を決める大切な要素となることを考えれば、多大なプレッシャーのかかる難行であることを改めて思い知らされた。

「難しい。すごく……難しいな」

口を開けば、ため息と愚痴がこぼれてくる。これからのことを考えれば、いきなりすべてが上手《うま》くいくより、試練のあった方がいいとも思えるけど、シノアキのことを考えれば、当然だが上手くいってくれた方がいい。

何より、僕がショックだったのが、まだシノアキの作家としての傾向や特徴について、何もわかっていないということだった。

「小手先で何かやったところで、たぶん上手くいかないんだろうな」

もっと、シノアキを知ることが必要だ。多少話したところではわからない、本質的な部分を。でも、そんな難しいことを、どうやって知ることができるのだろうか。

プロデューサー修業は、いきなり最初の難所にさしかかっていた。

◇

大学に通う機会が減って、僕らが顔を合わせたり待ち合わせたりする場所は、次第に学外へと変わりつつあった。

もっともわかりやすいのが河瀬川《かわせがわ》で、これまで会って話すときは学内の喫茶店『ミラージュ』だったのが、喜志《きし》駅前の居酒屋『とりよし』へと変わっていた。

で、今日は先日の日帰り旅行で飲酒しなかった組の打ち上げとして集まったのだけど、

「だいぶ悩んでるわね」

向かい合って座っている河瀬川は、のっけから、僕の顔をのぞき込みながら言った。手元にはお気に入りのレモンサワーが鎮座している。

「わかるぐらいに顔色が悪いのか、僕は……」

「目の下にクマ、肌の血色が悪い、たくさん寝たとか言ってる割には眠そうな目。他にもあるけど、言う？」

「いや、結構です……」

丁重に断って、ハイボールがなみなみ注《つ》がれたジョッキをあおった。

たしかに、最近はあまりしっかりと眠れていないし、食事にしたってバイトのときは規則正しい時間に食べているけれど、家に帰ってきて疲れていたときなどは、そのまま眠ってしまうことも多くなっていた。

「今さら、貴方《あなた》に体調を気遣えなんて言わないけど、もし倒れたりなんかしたらそのときは覚悟しなさいよね」

それはもう、すさまじく叱られそうだ。

「それにしてもおめでとう。こんなに早く演出の仕事が来るなんてね」

僕が言うと、河瀬川は少しばかり照れたように、

「たいしたことじゃないわ。わたしの言うことをちゃんと聞いてくれるプロデューサーに、欠員が出たら演出やりますって言い続けてたら、本当に骨折で入院した人が出てきてね。それで、じゃあ大変な仕事じゃないしやってみるかって言われただけ。本当に、ただそれだけのことよ」

いつもより3割増しぐらい早口で、河瀬川《かわせがわ》は説明をしてくれた。

常々、旧態依然で悲しくなると語っていた、河瀬川の勤務先である映画制作会社は、河瀬川や若手の社員たちを中心に徐々に変わり始めていた。

そのひとつの例が、河瀬川の演出への抜擢《ばってき》だった。

「どこかの企業の会社案内に、ミニドラマを入れるパートがあるんだけど、ベテランの演出がやりたがらなくてね。それをわたしを含めて新人3人にやらせてみるって話になったの。今はとにかく脚本を読み込んでるわ」

「いや、本当にすごいよ。河瀬川が言い出さなければ、変わらなかったんだしね」

そもそもが河瀬川がしっかりと意見をして動いたからの結果であって、もし彼女が引っ込んだまま何もしなければ、会社は昔のままだったか、仮にチャンスがあったとしても、それは彼女以外の誰かに渡っていた可能性が大きかった。

「そうね、だから貴方《あなた》に感謝しなきゃね」

「僕に？」

「貴方みたいに、行動してから考えるって積極性がないとダメなんだなって気づかされたからよ。蛮勇も勇気のひとつなんだなって、あらためて感心したわ」

ほめられているのかどうか、微妙な言い方だ。

「行動力だけじゃ上手《うま》くいかないことがあるって、最近になって実感してるよ」

「シノアキのこと？」

河瀬川の言葉に軽くうなずく。シノアキが不調という話は、飲み会が始まってから早々にしていた。

「わたしも最近、あの子としっかり話してたわけじゃないしね。この間の旅行のときは普通に楽しそうにしてたけど」

「普段の様子はいつも通りなんだ。だから、日常であったことが原因じゃない」

特に落ち込んだり、明確な原因のあることには思えなかった。

「わたしね」

レモンサワーを一口飲んで、河瀬川は視線を宙に向けた。

「シノアキって子が、まだよくわからないのよ」

「わからないって……どういうこと？」

「普通に接していればとてもいい子だし、まじめだし、何よりもの作りにおいてあんな真摯に取り組んでる人はそうそういないわ。クリエイターとしてとても尊敬してる」

コップを静かに置いて、「でもね」と言葉をつないだ。

「あの子は何か、隠しているように見えて仕方がないのよ。それもおそらく、本人にとってはネガティブなことをね。もちろん確証があって言ってるわけじゃないし、単なる考えすぎってこともあるんだろうけど。もしそれが本当にあるんだとしたら、きっとあの子は普段、絶妙なバランスで生きているんだろうなって」

「河瀬川《かわせがわ》からはそう見えているんだ」

彼女は小さくうなずいた。

「普通ね、誰しも汚い部分というか、あまり人様の前で出せないような一面って、あると思うのよ」

「うん、わかるよ」

「わたしなんかはそういう部分の方が多いぐらいだし。一般的にいい子って言われてる子でも、だいたいの場合はある。だけど、シノアキは本当に……そういうのが見えない」

「だからって、奥底に隠してるってのはちょっと結論に無理があるんじゃ」

「貴方《あなた》は感じないの？　シノアキがちょっと他の子たちと違うってことに」

言われて見れば、そういう点があるのは否めない。

彼女は創作をするとき、あまり人がどうこうっていうのは関係なく、あくまでも自分のルールや思い入れを重視している。もちろん、遅れたりしたらきちんと謝るし、リカバリしようとするんだけど、それ以上に、彼女はどこか不思議な空気をまとっている。

ただその正体が何であるかは、わからない。

「なんとも言えないけど、シノアキ自身のことだしなあ」

「わたしもそう思ってるわよ。今でも普通にやり取りしてて何も嫌なことはないし、むしろわたしの方が申し訳なくなるぐらい。でも、いつかそのバランスが崩れたらって思ったら、前もって何かできないかって思っちゃうのよね」

河瀬川が、ここまで言うのも珍しいなと思った。

だけど、元々学生同士でなれ合うタイプではない彼女が、もの作りの点で敬意を持ち、なおかつ仲もいい子となると、ナナコとシノアキしかいない。

そんな数少ない友だちのことだけに、気になるのも仕方ないのかなと感じた。

「貴方の仕事の話だったのに、ごめんね」

「ううん、いいよ」

直接的なアドバイスがもらえたわけじゃないけど、河瀬川から見たシノアキというのが垣間《かいま》見《み》えて、改めて関心をもったのだった。

◇

それからさらに3日が経《た》った。シノアキの不調はいまだ引きずったままだった。頭を切り換えてバイトに行くも、心のどこかではシノアキのことを思っていた。

「茉平《まつひら》さん、これデバッグチームの分担表です」

表計算ソフトに表示させたものを見せながら、特徴について話している。

「以前にお話を伺った、デバッガーそれぞれの習熟度と適正、それらを数値化して、割り振りするようにしてみました」

茉平さんからは、企画の話とは別途で宿題のようなものを出されていた。今、僕らが中心となって進めているデバッグ業務について、効率的なシステムを組みたいからと、そのアイデアを出すように頼まれていたのだった。

僕は、10人いるデバッガーチームの作業報告書を見ながら、それぞれに合ったゲームやシーンなどを割り当てることで、時短が見込まれるのではという報告を出した。

「うん、よくできているね。それぞれのデバッガーについての分析もほぼ間違いない」

「ありがとうございます！」

茉平さんのような、優秀な人に褒められるというのはそれだけでも自信になる。

チームの動向を確認しながら効率化の提案をするというのは、俯瞰《ふかん》して物事を見るのにとてもいい経験だった。実際、堀井《ほりい》さんから聞いたところによると、デバッグチームをとりまとめた人が、そのまま制作進行として開発の主業務に携わるケースがかなり多いということだった。

（この辺、加納《かのう》先生の言う通りだったな）

こうやって、少しずつプロデューサーになるための経験を積んでいけば、道も開けてくるのかも、と少しだけ安心できた。

あまりに何もヒントがないよりは、たまにこういう気づきのポイントがあると嬉《うれ》しい。

「じゃ、来週からぜひこの表で進めてみよう。そういや、竹那珂《たけなか》さんは？」

僕は黙ったまま、彼女の席の方を手で示した。

そこには、

「ぐぇぇ……ぽえぇ……ううう、アイデア……アイデア、出てくれないかなぁ……ぐぅううう、何か、出てぇ……ううっ」

地獄のような声を出しながら、うめいている彼女がいた。

「ぱ、パイセン……たすけてくださぁい、自分、もうこれたぶん死にます……せめて屍《しかばね》だけでも拾ってもらえれば」

僕らの視線に気づいたのか、いまわの際みたいな声がこちらに送られてきた。

「口から別のものが出そうな声をしてるね……」

気の毒そうに答える茉平さん。

「まあ、僕もまだ全然考えられていないから、進捗は彼女と変わらないですけどね」

「いい企画は、そうそうすぐに出るものじゃないよ。まあ、まだ時間もあるんだし、じっくり取り組んでみたらいいさ」

「はい、がんばってみます」

「気力と身体《からだ》を詰めないようにね。病んじゃう前に、対策は大切だよ」

はい、とうなずいた。茉平《まつひら》さんは、僕らバイトの体調や心の状態などについて、とても丁寧にケアをしてくれていた。

なんでそんなに？　と聞いてみたこともあったのだけど、それはリーダーとして当然じゃないかな、としっかり言われたのを覚えている。

(僕なんかは……全然できていない部分だなあ)

こんなに余裕を持った対応ができるように、早くなりたい。

あこがれの目で茉平さんを見ていると、不意に自分の席から内線電話のコール音が鳴った。あわてて受話器を取りに行くと、

『あ、橋場《はしば》くん。ちょっと僕の席まで来てくれないかな』

堀井《ほりい》さんの声だった。

「は、はい」

すぐに答えて、茉平さんにその旨を伝えて、席を外すことにした。

◇

堀井さんの席へ行くと、すぐ横の補助椅子を出して、そこに座るようにうながされた。

「ごめんね、呼び出したりして」

「いえ、それで何を？」

堀井さんは、サブPCのフォルダをクリックし、開いて僕に見せた。

中には、膨大な量のイラストと、名前などが書かれたドキュメントファイル、そして一覧の表計算データが含まれていた。

「去年、うちから発売された、『ブレイン・ザ・ダークネス』は知っていますか？」

「はい、倉瀬《くらせ》ささみさんがキャラデザを担当していた、シミュレーションRPGですね。中世風のファンタジーに、機械文明的な世界観の混ざった」

愛称は『BTD』。ゲームシステムは、ハードだとかなりシビアなバランスだったけど、イラストの美麗さで人気が出て、主に二次創作界隈《かいわい》で広がった作品だ。僕も、同人誌を何冊か買っている。

「そうそう。その作品のね、ファンブックを作ることになったんだ。そのお手伝いをしてもらおうと思ってね」

フォルダの上の階層にあるドキュメントファイルを開いて、と言われたのでその通りにすると、出版社より送られてきた企画書が入っていた。

「去年、ゲームの設定資料なんかを掲載したファンブックを作ったんだけど、それ1冊じゃ収まらなくてね。それで第2弾を作ることになったということです」

説明通り、ページ構成を示す台割には、未掲載分のイラストと示されたものが多く含まれていた。

しかし、それはあくまでも本の前半部分を占めるもので、後半はほとんどが単一の描き下ろしイラストばかりだった。

「ゲストイラスト、多いんですね」

「うん、これだけ二次創作で描いてもらってるんだから、そういうのをたくさん集めようって言ってね。出版の方に、雰囲気などで近い作家さんのサンプルを集めてもらったんだけど……」

ここで、やっと僕の仕事について理解ができた。

「あ、つまりここで僕がイラストの分類をする、ってことですか？」

堀井《ほりい》さんは、僕の言葉にうなずくと、

「ご明察ですね。でも、もうちょっとだけ責任は重いかな？」

「重い……？」

堀井さんはにっこりと笑うと、

「ここには200人近い作家さんがいるんだけど、絞り込んで50人ぐらいにして欲しいんだ。つまり」

「第1次選考を僕がする、ってことですか？」

堀井さんは、大きくうなずいた。

「うわ……それはたしかに、なかなか責任が重いですね」

要は僕の判断で、サクシードからの仕事が来るか来ないかを選ばれるというわけだ。作家さんの中には、公式からの仕事を名誉に思う人もいるだろう。だから、こういう選考はかなり気を遣う必要がある。

「時間は……そうですね、2〜3日は見ておきましょうか。途中、迷ったり考えたりする部分があったら、遠慮なく相談してください」

「わかりました。できるだけ明日いっぱいでできるようには進めます」

こうして、なんとも責任重大な選考会が始まった。

選考会と言っても、僕がただイラストとその描き手のプロフィールを確認して、これは世界観に合っている、これは合っていない、を決めていくだけだ。そこでフォルダ分けされた中から、あとで堀井さんが最終的な決定をくだすことになる。

幸いにもゲームはプレイ済みだったし、ファンが喜ぶイラストというものに関する知識も持っていた。だから、選考そのものはあまり迷うことはなかった。

だけど、それとは別に、僕の頭の中では、シノアキのことがまだ引っかかっていた。

これだけたくさんのイラストレーターがいる中で、シノアキはいずれ、特別な存在になる、はずだ。

だけど、このまま僕が上手《うま》く舵取《かじと》りができなかった場合、彼女の活躍は違った形になるか、あるいは思った通りの形にならないかもしれない。

少しでも、誰かの話を聞きたいと思った。

「堀井《ほりい》さんは、こういう選考をずっとやってきたんですか？」

「そうですね。簡単なものでしたら、僕もイラストを描きますので、昔からよく選考や発注をさせられることが多かったんですよ」

「発注……ですか」

まさに僕の悩んでいるポイントだった。

「はい。何か、気になることでもありますか？」

「まさにその発注で、ちょっと悩んでいることがありまして」

プロの話を聞けるというのは、とてもありがたい。だけど、仕事にかこつけて聞くというのも、気が引ける点はある。

だけど、堀井さんの方から、

「近い業種のことでしたら、何か相談に乗れるかもしれませんよ。差し支えなければ、言ってみてください」

　そう言って水を向けてくれた。

「ありがとうございます、実は」

　シノアキのことについて、さすがに出版社名などは伏せつつも、その経緯と現在の問題について、まとめて説明をしてみた。

　出版社からの要望、僕の見立てと発注、そして詰まっている事柄。

　一通り話したところで、堀井さんは大きくうなずいた。

「なるほど、あの『ブループラネット』の。あれだけ描ければ思い入れも強いでしょうし、たしかに難しい問題になりましたね」

　堀井さんは、九路田《くろだ》組の作品も印象に残っていたらしく、シノアキの描いたイラストについては大枠で把握していた。

「僕がラフの部分で発注に関わったりもしているので、どうすればいいかって……」

「橋場《はしば》くんが必要以上に責任を感じることはありませんよ。どうしても、発注側と受注側では、意見や思想が異なります。人が他人の気持ちや細やかな感覚まで推し量るなど、そもそも不可能に近いのです」

　理路整然と、僕の責任についても解きほぐしてくれたものの、やっぱり僕が変に関わらなければ……という思いは残ってしまう。

何か解決方法があって、それに僕が関われるなら、なんだってやるんだけど。

「特に、仕事そのものがストレスになっているわけじゃないですし、簡単なきっかけで上《う》手《ま》く回りそうですね。それこそ……」

堀井《ほりい》さんは、思いついたようにうなずいた。

「何か少し、目先を変えてみるのはありかもしれませんね」

「たとえば、どういうことでしょうか」

目先を変えると言っても、描いている環境を変えるとか、道具を変えるとか、それぐらいのことしか思い当たらない。

構図そのものを変えることは、今の段階だともう厳しいだろうし、いったい何をするというのだろう。

「今のその、ライトノベルの仕事とは別のお仕事をしてみるというものです。それこそこの、ファンブックのイラストなど……いかがでしょうか？」

思わぬ提案だった。

「えっ、そ、それはその、すごくいいと思うんですが……いいんですか？」

「ええ。拝見した感じ、とても雰囲気のあるイラストをお描きになる方みたいですし、この志野《しの》さんさえよければ、ぜひとも」

まさかの話だけど、でもたしかに、出版の人が無作為に選んでオファーする前ということなならば、ここでシノアキを候補に入れること自体、そう難しい話ではないのもたしかだった。


「ありがとうございます、今日早速、本人に伝えようと思います」

僕の段階で断る話でもなかったので、あとはシノアキに確認することにした。

「橋場《はしば》くんは、彼女のプロデュースをしているんですか？」

ふと、堀井さんはそんなことを口にした。

「いやその、そこまで大それたことではないですが……サポートですね」

「でも、先程の話を聞いている限りは、かなり突っ込んでお世話をしているように思いましたよ？」

言われて、ここは変に引いた発言をする場ではないとわかった。

「すみません、そうですね。プロデュースをやろうと思っています」

「なるほど。そういうこともあって、プロデュースの勉強をしたいということだったんですね」

それ自体は後付けになるけれど、ゆくゆくのことを考えれば、間違いではなかった。

「そうです、いつかみんなといっしょにものを作りたくて。そのために、僕はプロデュースの勉強をしています」

堀井さんはうんうんとうなずいて、

「まっすぐな理由ですね。そういう仲間を持てるというのは、とてもいいことです」

どこかでちょっと聞いたような、そんな言葉だった。

「でも、わかっているかもしれませんが、気をつけてください。仲のいい友人たちとものを作るというのは、ずっと同じ関係で居続けられないことにもつながります。前にも言いましたが、プロデュースというのは、よりよいものを作るために、冷静な判断をくだすことも仕事のうちです。そこに友人も関わるとなると……わかりますね？」

「はい。規模は小さいですが、以前にそういうこともありました」

堀井《ほりい》さんは「そうですか……」と小さく声を漏らすと、

「彼女はとてもいい絵を描く方ですね。だからこそ、このまま成長すれば、大きな舞台に立つ可能性も充分あるでしょう。でも、舞台が大きいと、そこで転ぶと大きなケガにつながります」

「……はい」

「すみません、余計なことを言い過ぎましたね。この辺にしておきます」

ありがたい話だった。でも、とても恐《こわ》い話でもあった。

プロデューサーになることは、痛みを得ること。堀井さんが話す言葉で、そのことがなおいっそう、確実に近いものだとわかった。

同人ゲーム制作のときに、僕は知らぬ間にその痛みを得て、一気に傷口が開いて死ぬ寸前まで追い込まれた。あの、未来へ飛んだ経験がなければ、きっとあのまま抜け殻になっていたはずだ。

覚悟を決めたはずの今、またあの大きな課題に向き合おうとしている。

人をプロデュースするというのはどういうことなのか。ついにリンクした未来と現在に、僕は身も心も震えていた。

いずれ、サクシードソフトで発表される大作のキャラクターデザイン、秋島《あきしま》シノ。

今ここに、そのきっかけになるかもしれない道が、示された。

◇

イラストの選考は無事に終わり、最終的に選ばれた15人の中に、シノアキも含まれることとなった。

もちろん、これからオファーをかけていくため、NGだった場合の候補もすでに選んでいる。が、シノアキについては、本人のOKが出ればすぐに取りかかってもらって大丈夫という、かなり恵まれた待遇だった。

バイトが終わり、帰宅してすぐに僕はシノアキの部屋を訪れた。

やはりラフはまだ難航している様子だった。本人の様子はいつもとそう変わらなかったけど、それでも遅れが出てきていることへの申し訳なさは、言葉の端に感じた。

「シノアキ、ちょっと別のお仕事の話があるんだけど」

今の仕事の気分転換に、とはさすがに言わなかった。

彼女もまったくゲームをしないという人間ではなかったし、二次創作イラストの分野で、『BTD』についての知識も得ていた。なので、仕事の説明としてはすごくスムーズに進めることができた。

「ええねえ、おもしろそうやねえ」

そして、感触としても悪くなかった。

ラノベだと、カバーイラストから始まって、特典なども含めるとかなりの枚数を描くことになるけれど、今回の『BTD』の仕事ならば、1枚で完結する。しかも、シノアキが得意としている背景込みのイラストだった。

受けるに当たっての障壁は、さして高くはないと思われたけど、

「でも、まだこのラノベのお仕事も終わってないのに、そんなん受けてもええんかなあ」

さすがというか、シノアキは先のラノベの仕事がまだ見えていないのに、という点を気にしているようだった。

でもそれこそ、僕が入ることで解決に導けるポイントになるはずだ。

「大丈夫だよ、そこは僕がスケジュールの相談をするし」

納期までには、まだ2ヶ月以上の時間があった。それに、内部的な状況もわかりやすい分だけ、細かいやり取りなども調整が利きやすい。

出版社側のスケジュールは僕の担当するところじゃないけれど、担当編集さんも僕に一定の信頼を持ってくれているので、

そこまで知らない案件だったら、ここまであっさりと管理を受けなかったとは思うけど、そういった理由で、積極的に推すことができた。

シノアキも、そこが決め手になったのか、

「それじゃ、お願いしようかな。楽しみやね」

詳細を確認します、のフェーズへ移行したのだった。

◇

シノアキとの話も終わり、僕は自分の部屋へと戻っていた。

あちらの話が一段落したら、今度は自分のこと、つまり企画の内容を考えなければいけなかった。

「企画、企画、うーん……」

メモを取るべくたたいていたキーボードの手を止め、今一度、今回の企画内容について

整理をする。

意外性のあるもの、これまでの慣例を打ち破るもの。堀井《ほりい》さんから出されている課題としては、大枠でそういったものだった。

コンシューマゲームの企画、ではないだろう。それが欲しいならそう言っていたはずだったし、わざわざ新人にさせるようなものとも思えない。

だからこれは、きっと今の開発部員の人たちには、受けの悪いものに違いない。

つまりは、ニーズがあるのに手を出せない、もしくは出そうとしないもの。

「そこで、だいぶ絞れそうだよな」

キーボードをたたく音が復活した。箇条書きにしていたテーマを、つなげて1つの文章にしていく。企画を考えているとき、この工程がもっとも好きだった。もやもやしていたものが1つの線になっていくと、頭の中も整理されて、何をしたらいいのかが鮮明になっていく気がするからだ。

押し入れの中にある、これからの僕の行動を示した付箋。

橋場恭也《はしばきょうや》の強化、つまりプラチナ化を果たしたその先には、まだ到達できない夢として、こう書かれた付箋が貼ってある。

『みんなでゲームを作る』

そこにあるのが、ゲームなのか映像なのかコンテンツなのか、いまいち僕には見えていなかったところがあった。

だけどここにきて、最初からずっと暖めていた『ゲーム』が、徐々に姿を鮮明にして、僕の前に現れてきているように思えてきた。

「やっと、少しだけつなげることができた、かな」

少しずつ、形は違っても、僕らはあの日の制作発表の日に向けて動いている。最初はものすごく遠いところにあると思っていた事柄も、すぐ近くの、手の届くところまで来た。なのに、不安だ。僕自身、経験が浅く頼りないことは承知の上で、まだ何か大きな大切なものを置いてきていないか、見えない不安がずっと漂っている。

「本当にできるんだろうか、僕に」

はっきりとタスクの見えているものでない以上、不安が消えることはない。

今できることは、彼女の側《そば》にいてサポートを続けること。それだけだ。

言葉にすると簡単だけれど、実際に行うことはとても難しい。つい先日、堀井さんから言われた言葉がよみがえってくる。

『仲のいい友人たちとものを作るというのは、ずっと同じ関係で居続けられないことにもつながります』

それが関係の破綻なのか、それとも発展した上でのことなのか。いずれにせよ、同じではいられないことはたしかなのだろう。

シノアキはこの先、そのことをどう受け止めるのだろうか。絵を描くことをやめてしまった、あの未来へつながってしまわないだろうか。

『志野《しの》はおそらく、その強さに比例するぐらい脆《もろ》いはずだぞ』

九路田《くろだ》の言葉を思い出す。

あのとき、誓っておきながら、まだ僕はその脆さが何なのかもつかめていない。

彼女のことを知りたい。仕事をして、話をして、この類《たぐ》い希《まれ》なクリエイターが、どうやって作品を生み出しているのかを、根源的なところから、理解したい。

大切なものは、その先に待っているような気がする。

いつか、この世界が10年後のあの日を迎えるまで。

それまでは、ひたすら前進していくしかない。

時間は瞬く間に過ぎていく。

暑い夏は大阪《おおさか》全域を駆け抜けて、気がつけば7月も終わりを迎えていた。

シェアハウスでの変化といえば、作られる料理が完全に夏仕様となったことぐらいだろうか。そうめんやうどんといった、冷やして食べるものがわかりやすく人気になったので、夏バテを避けるためにもそういった料理を多く作るようになった。

だけどこの日だけは、揚げ物や焼いた肉など、ちょっと手の込んだ料理がテーブルの上へと並べられていた。

「えーそれでは、貫之《つらゆき》のラノベデビュー作の校了を祝いまして……乾杯!!」

みんな口々に、かんぱーい！　と大きな声を出して喜んだ。

校了というのは、原稿における誤字脱字のチェックなどを完了し、校正に修正箇所がまったくなくなった状態を示す。印刷工程に進むためには、ここからデザインなどの作業があるらしいのだけど、筆者の視点で見るならば、これで工程が完了したこととなる。

つまりは、作家デビューへの大きな到達点を迎えたということだ。

「いや、ほんとみんなありがとうな！　これで俺も、ついにラノベ作家だよ……！」

貫之《つらゆき》は、ちょっと呆然《ぼうぜん》とした顔で、宙を見つめている。それもそうだろう。ずっと昔から、作家になりたくて作品を書き続け、挫折も経験しつつも、ついにはそのしっぽをつかむところまできたのだから。

「うん、その……あんた、やっぱすごいね。褒めるよ」

ナナコが、ちょっと口をとがらせながら、貫之を褒めた。

「はは、なんかおまえからそう言ってもらえるの、普通にめちゃくちゃ嬉《うれ》しいな！　ありがとよ、ナナコ！」

「な、なんか気持ち悪いわね！　いつもみたいに突っかかりなさいよ、もう！」

今日に限っては、貫之も素直に受け取っているみたいだった。

「ほんとすごいねえ、ついに貫之くんが作家さんになってしまうんやねえ」

「シノアキも感謝な！　いや、そっちの方も上手《うま》くいくといいな！」

貫之の言葉に、シノアキもうんうんとうなずいている。

そう、シノアキのラノベ仕事については、なんとかカバーのラフが決まるところまではいったものの、そこから先の工程については、まだ見えない部分も多かった。

(貫之のゴールで、少しでも励みになればいいけど)

僕は変わらず、シノアキのサポートを続けている。最低限、カバーイラストだけでもアップすれば、他の素材については少し引っ張ることができると、担当編集さんから聞か

されていた。スケジュールの組み直しもしてくれるとのことだったので、何よりカバーイラストのアップを最優先にしていた。

「ねえ、恭也《きょうや》」

「ん？」

ナナコが、僕の服の裾を軽く引っ張った。

「忙しいところ本当にごめんね。そろそろ、例の曲の動画を作りたいんだけど……時間、もらっていいかな？」

「うん、もちろん。前に言ってた、ソロで上げる曲だよね？」

ナナコはうなずいて、

「そう。ガジベリPさん、その後あんまり進みが良くなくてね。こっちから聞くのも悪いから、じゃあソロでアップとかしつつ、待ってようかなって」

前から進めていた大型のコラボ企画は、ナナコのパートばかりが進み、肝心のガジベリPのパートはほとんど進行していなかった。

待っているばかりで何もしないのもどうか、ということで、ナナコはこの機会にオリジナルのソロ曲を出していくことにしたのだった。

「まあ、向こうも兼業でやってるみたいだし、仕方ないところはあるよね。了解」

将来的には専業で音楽をやるはずだけど、この時期はまだ単体で食べていくには収入も厳しく、カラオケ店でのバイトと並行して活動していると聞いていた。

「ありがと。じゃあイラストのデータや仮歌のデータを渡すから、一通り見たらどういうのにするか打ち合わせお願いね」

「わかった、すぐ見ておくよ」

ナナコのソロ曲の動画には、最近ファンアートのイラストを使うようになっていた。これは僕も関知していなかった部分で、ナナコが自分で相手に交渉し、動画での使用を取り付けてきたものだった。

「はーもう、向こうが早く曲上げてくれたらいいんだけど、打ち合わせばっかりでなかなか先に進まないんだよね」

ガジベリＰさんは市内の北の方に住んでいるらしく、なので中間をとってなんばや心斎《しんさい》橋《ばし》での打ち合わせが多いらしい。だけど、基本的には雑談が多く、なかなか曲の細かい話になりにくいという話だった。

「まあ、これればかりは仕方ないよね。いろいろとスタイルもあるし」

「そういうものなのかなあ……明日、また会うからちょっと突っついてみる」

僕なしでも、そういうやり取りができるようになったのか。細かいことなのかもしれないけど、引っ込み思案で知らない人間とのやり取りが不得手だったナナコが、ここまで自分だけで物事を進められていることに感動を覚えていた。

（これで大型コラボが上手《うま》くいけば、ナナコももっと大きくなるな）

先の展開に向けて、楽しみは広がるばかりだった。

「俺、本ができたら真っ先にみんなに配るからよ、そうしたらレビューとか書いて応援してくれよな！」

貫之《つらゆき》が嬉《うれ》しそうに言うと、

「つまんなかったら星1個つけてやるから覚悟しときなさいよ」

「は！　悔しそうに泣きながら星5個つける未来が見えるぜ！」

いつもの感じでナナコが応戦し、それを僕とシノアキが見守っている。

ずっと続けてきたこの構図も、そろそろバランスが崩れてくるのだろうか。

（貫之がまず卒業する。そして順調にいけばナナコ。そして……）

具体的に、シェアハウスの未来が見え始めてきた。

これまで、想像してはさみしく思っていた、そんな光景が本物になる。

もうすぐ、そこまで。

◇

8月の上旬、金曜日の午後。

僕と竹那珂《たけなか》さんは、サクシードでバイトを始めて以来、最高に緊張する場面を迎えていた。開発部の横にある会議室。普段は、その広さに対してせいぜい数席を使うのみのその場所が、今はほぼ満席になるぐらいの人で埋まっていた。

「パパパパイセン、じじじ自分もう何をしゃべってるかわか、わかわかわか」

有名バスケ漫画のコラ画像みたいになった彼女を、ひとまず落ち着かせる。

「別に命を取ろうってわけじゃないんだから、大丈夫だよ、安心して」

「ほほほんとですか、ここにいる人たち、みんな敵とかじゃないですよね？」

「敵だったら、そもそも話すら聞いてくれないって」

チラッと、その「敵」の方を見てみる。

居並ぶ開発の面々は、みんなバイトを始めて以来、すっかり顔なじみになった人たちだ。みんなそれぞれにやり取りがあるし、親切だったり話しやすかったり、極端に嫌な人なんて1人もいなかった。

……だけど。

(今日は、そうもいかないんだろうな)

さっき、竹那珂さんに言ったのは、ある意味安心させるためだけの嘘《うそ》だった。

企画というものは、開発にとって命だ。少なくとも、僕はそうとらえている。いくら学生が考えたものだからといって、その命である企画を取り扱う以上、それがショボかった

り、魂がこもっていないものだったりしたら、それは容赦なく、

（殺しに来る、だろうな）

どうせ、学生ごときの企画だ。そう思われているのは仕方ないとして、それでも戦えるだけの武器は用意してきたつもりだ。こっちだって、ゲームが好きでずっと長い旅をしてきたのだから、むざむざやられるためだけに、この戦場に来てはいない。

「そろそろ、時間ですね。それじゃ始めましょうか」

堀井《ほりい》さんが時計をチラッと見て、全体に声をかけた。会場の照明が落とされ、スライドを映写するスクリーンが、音もなく静かに降りてきた。

最初に発表する、僕のところに光が差した。手に持ったポインターで、スクリーンの四隅を照射し、きちんと示せるかどうかのテストを行う。

（よし、問題ない）

機器の管理をしている茉平《まつひら》さんにアイコンタクトを送り、僕は大きく息を吸って、居並ぶ敵を前に、口を開いた。

「開発部第1ディビジョン、デバッグチームの橋場《はしば》恭也《きょうや》です。企画の説明を始めたいと思います」

スライドの1枚目が、スクリーンに大きく映し出された。

僕は挑みかかるように、話し始めた。

◇

同日、３時間後。

夕方になり、暑さも和らいだ中、僕と竹那珂《たけなか》さんの２人は、会社の休憩スペースで放心状態となって、クッションの上でダラダラとしていた。

「いやあ、覚悟はしていましたが……めちゃくちゃ本気だったね、開発の人たち……」

「ほんとマジっすよ……タケナカ、最後の方なんて言ったか覚えてないですもん……」

企画会議は、「順調そのもの」で行われた。

基本的な流れは、僕らがまず発表をして、そのあとに質疑応答という形で進んだ。発表のときは静かだったのに、質疑応答パートになると一気ににぎやかになって、そのパートのガチさ加減に僕らはやられた格好だった。

（まあでも、自分らしい案を出せるとこまではいけた……かな）

未来がどうなるとかそういうことを抜きにして、僕がやりたいと思った企画。

ジャンルはアドベンチャーゲーム。メインはコンシューマ機だけど、ゲームの進行に応じて、リンクしている携帯電話アプリでのプレイも進行上必要になり、両方のゲームプレイを進めつつ、最終的にエンディングを目指す、というものだ。

サクシードの作品は、ここ最近完全に1つのハードにすべてが集約されるものが多く、ユーザー側に行動を求めるようなものがまったくなかった。なので、携帯電話とリンクさせることによって、いつもと違うプレイ感を提案したいと考えた。

そして何より、僕にとって重要だったのはこれが『美少女ゲーム』であることだった。元々、サクシードは美少女ゲームを作っていたメーカーで、すでにコンシューマ機に主軸を移したあとも、今作は美少女成分がないな、などと揶揄《やゆ》される程度には、まだその名残が残っている頃合いだった。

会社としては、その空気を消したい感じがあったのだけれど、僕としてはあえてそれを逆手にとって、キャラクターの魅力を前面に出すようなものを考えてもいいのでは、と思ったのだった。

ストーリーについては、さして重視をしない考えだった。基本的にハッピーエンドになるような仕組みにしておいて、あくまでも登場キャラクターとのコミュニケーションや、携帯電話モードで楽しむ1対1のやり取りを楽しんでもらいたかったからだ。

フルHDのコンシューマ機では美麗なグラフィックを楽しんで、携帯アプリの方では、ショートメールを送ったり送られたりして遊ぶ、という立体的な遊び方ができる、という構想だ。

重厚なストーリーに大作感あふれる設定……もたしかにいいのだけれど、あまりにそういったものが増えすぎている中、純粋にプレイヤーがやってみたい、興味をひくものというのを考えていったら、ここにたどり着いた形だ。

そう、これは、僕が当時のサクシードで『やってほしい』企画であると共に、これから先のゲームとして提案したいものだった。

ものだった、が、

「携帯電話アプリとのリンクをシステムでどう制御するのか、前例がないだけにエンジンの組み直しをどうするのか、人的コスト、純粋な開発コスト……いやあ、もうめっちゃくちゃに突っ込まれたね」

企画というのは、最初は自由であっていい。そこから、実現可能なのかどうかを確認していく作業が必要になるから、現実的な見地での意見については、僕が知りませんでした勉強になります、で別に文句はなかった。

だけど、許せないというか、それは言うものじゃないだろう、というものもあった。

「2つのハードで遊ばせたらユーザーが面倒に思うのでは、っていうのと、今さら美少女ゲームに戻るのか、それは古いんじゃゃっていうのはちょっとなあ」

前者は、たしかにそのまま何の工夫もなく組み込んだらそういう意見も出るかもしれないが、そこを『おもしろい』って思わせるような仕掛けにするのが大切なんじゃないだろうか。それに、携帯電話ではなく携帯ゲーム機ならば、僕の提示したシステムにも前例があるし、やる前からそんなことを言い始めたら、かなりのジャンルが最初からNGを出されてしまう。

そして後者。かつて美少女ゲームを取り扱っていたから出てきた言葉なんだろうけど、これこそ本当におかしな話だ。作品は古くなってもジャンルは古びないはずで、だからこそ、今回のような変則的なシステムを考えたのに、触れる前からいきなり拒絶反応をされたら、何もできなくなってしまう。

しっかりとした反論ならば受け止める。だけど、先入観のみで冷笑されるようなことでは、新しい企画なんて生まれっこないだろう。

「本当ですよ!!」

竹那珂《たけなか》さんはバッと跳ね起きると、僕の企画についてまくし立て始めた。

「わたしも、サクシードってすごくおもしろい美少女ゲームとか出してたのに、そういうのを全然活《い》かそうとしないのってなんでって思ってたんです！　それに、場面ごとでケータイに切り替わるのとか、絶対おもしろいはずなのに、そこめんどくさいとか言っちゃうの、ないわーって思ってました!!」

「ありがと。でもまあ、ボッコボコだったしね」

「それは！　その……言っちゃなんですけど、開発の人たちが見る目ないんですよ！」

「ちょ、ちょっと大丈夫？」

竹那珂さんが、思いっきり堂々と批判を始めたので、僕はさすがに周りを見回した。

「いいんですよ！　あの、自分思ったんです。ああいう、新しいものへのアレルギーみたいなのが、なんか空気みたいに蔓延《まんえん》してて、それがクッソやばいって思ったから、堀井《ほりい》さんはあんなことを言ったんじゃないかなって!!」

それは僕も同感だった。

保守的、閉鎖的なものを払拭し、新しいものを取り入れる。堀井さんがねらっていたのは、僕らの企画を採用するとかいうよりも先に、若いぼくらが突拍子もないものを出すことによって、変化の突破口を開こうとしたんじゃないかと。

実際、それは上手《うま》くいったと思う。僕の出した企画は、多少なりとも様子見をしている部分があったけれど、直後に出した竹那珂さんの企画と合わせて、かなり引っかき回したんじゃないか、と見ている。

「実際、堀井さんも、それに茉平《まつひら》さんも、パイセンの企画をめっちゃ褒めてたじゃないですか！　それが答えですよ！」

そう、それこそがまさに、今回の企画会議の狙いだったのだから、おそらく首謀者であるあの２人が褒めてくれた時点で、ひとまずの『成功』にはなったと確信した。

でも。

「いや、でも今回は、僕なりにすごい収穫だったよ」

「え？　開発のみなさんの反応ですか？」

「それよりも、君の出した企画案が、だよ」

そう、今回彼女の出した企画こそ、本当は僕の出したかった、新しい地平に立って作られた案だった。

「い、いや……そんな、タケナカの企画なんて、パイセンのに比べたらなんかわけわかんないっていうか、何してんのってやつなんで」

竹那珂《たけなか》さんは恥ずかしそうに頭をかいた。

しかし僕は、彼女が出したものこそ、開発に大きな風穴を開けるものになったのではと考えていた。

彼女は、このまだ携帯電話大全盛の頃に、スマートフォンをプラットフォームにした、縦型全画面の1対1のノベルゲームを提案したのだった。縦型画面なので、大きくキャラクターを見せられるというのもあり、その特性を存分に活《い》かした企画内容には、頭の固いメンツからも評価する声が上がっていたぐらいだった。

未来を知っている僕なら出せて当然でも、今のこの段階で、スマートフォンを有効に使おうと考えた彼女は、すばらしい先見を持っていると言えた。

「でも、僕が何より興味を引かれたのは、やっぱり絵だよ」

「あれこそボッコボコでしたけどね……あはは」

竹那珂さんは、今回の企画は完全にデジタルメインなのだからと、印刷で出すことを一切考慮しない、RGBベースの原色の強いイラストを用いることを提案してきた。そしてそのイラストは、彼女自身が手がけたものだった。

十年後こそ、そういったトーンのイラストを軸に描くイラストレーターが登場したことで評価がされるようになったけれど、この当時はまだ、RGBに特化した色の使い方なんて、とても主流とは言われていない頃だ。

そんなときに、堂々と「これからはこれが来るんですよ」と出した彼女は、個人的に横っ面を張り飛ばされるぐらいの衝撃があった。未来を知っている僕ですらそう思ったぐらいだから、あの場にいた保守的な人たちにとっては、まさに宇宙人を見るような感覚だったに違いない。

「いやでも、結果がすべてですし……堀井《ほりい》さんも茉平《まつひら》さんも、もうちょい説得力をって言ってましたし、その通りだなって感じましたから」

「そ、そんなことはないって！」

思わず、立ち上がっていた。

「え、ぱ、パイセン……？」

僕の剣幕《けんまく》に、竹那珂さんは驚いて身体《からだ》をビクッとさせた。

「君の出したものは、その……今はまだ理解できない人が多いかもしれないけど、絶対に、次につながるものだったから」

　本当に新しいものなんて、まず認められるようなことはない。それは、これまでに出てきた新しいものが、最初どのような扱いを受けたかという歴史が物語っている。

　だからこそパイオニアは評価されるのだし、この時代に彼女がこの手を打ってきたことは、価値があるのだというのを教えたかった。

「僕はその、本当にドキッとしたんだ。印刷なんて色に限界があるんですから、これからは絶対こっちですよ、っていきなり言った君の意見が、すごくその……未来を感じた」

　言っていいのか、少し悩んだ。だってその言葉は、未来を知っていないと言えないことだからだ。

　でも、言わずにはいられなかった。彼女が、実績のない学生だったからああいう反応だっただけで、言ったのがジョブズだったらすべての印刷物は過去のものになりかねなかったし、現に未来はそうなりかけている。

「だから……自信を持って欲しいんだ。多少何かに反対されたからって、突き通すだけの強さを持って欲しい」

　勢いのままに、彼女の目を真っ直《ます》ぐに見て語ってしまった。

「ごめん、なんか思いっきり語っちゃったけど、まあその、」

　恥ずかしくなって、目をそらしてしまった。

後輩を相手に、つい熱くなってしまった。でも、ここにあったのは間違いなく未来だったし、彼女のこれからを思えば、絶対に……。

「あ、あはは……あははは」

竹那珂《たけなか》さんは、目を何度もパチパチさせて、照れ笑いみたいなのをずっと浮かべていたけれど、やがて、

「あ、あの、パイセン……」

「え、なに？」

口を開いてから、またモジモジとうつむいてしまって、いつもの元気な声がどこへいったのかという小声で、

「自分その、ほんと何やってもずっと、なんかよくわからないってず――っと言われ続けてきたんです」

「それは、作ってきたものとか？」

竹那珂さんは「はい」とうなずくと、

「作ってきたものもそうですし、言ってきたこともそうです。新しいものが好きで、これまでに見たことがないものが好きで、だから自分でもそういうのが作りたいって思ってたんですけど、実際にやってみたら、なんかよくわかんないねって言われるばっかりで、おもしろいね、とは言ってもらえなかったんです」

そこまで一気に言って、顔を上げた。

竹那珂《たけなか》さんの顔は、はっきりとわかるぐらいに真っ赤になっていた。目はちょっと潤んでいて、なんだかいつもの彼女の顔とは、明らかに違っていた。

「あの……だからその、こんなに正面から認めてもらうの、ほんとに初めてで、それが尊敬してる橋場《はしば》さんだったから……わたし……」

そして、また恥ずかしそうに下を向いてしまった。

「あ、ああ……よ、よかった、うん」

何がよかったんだよと全力で突っ込まれそうな返答をしてしまった。

とても素直に、思っている感想を伝えて、それはそれでまったくもって後悔はしていないし、正しい反応だったたって思うんだけど、

その……、

(変なスイッチ、入ってる気がする)

呼び方がパイセンじゃなくなってたし、自分、がわたし、になってたし、上手《うま》く説明ができないけれど、これまでの竹那珂さんとは違う雰囲気になってたのはたしかだ。

もしここに、河瀬川《かわせがわ》がいたら。きっと見下げ果てたあの視線と大きなため息と共に、こんなことを言っていたに違いない。

『だから橋場は迂闊《うかつ》なのよ』

（はい、すみません……）

今頃、撮影現場で大きなクシャミをしてるはずの彼女に、僕は心の中で詫《わ》びた。

◇

開発部に戻った僕は、そのまま茉平《まつひら》さんに呼ばれて、会議室へと向かった。

間違いなくさっきの企画の話だろうとは思っていたけど、予想通り、そのことについてだった。

「まずは本当にお疲れ様。すごく大変だったんじゃないのかな？」

ねぎらいの言葉をかけてもらい、僕も素直に礼を言った。

「いえ、とんでもないです。あの、ちょっと聞いてもいいでしょうか？」

「うん、いいよ。聞かれるだろうなって思ってたしね」

茉平さんは、いつものようにさわやかな笑顔をたたえている。

「今回の企画会議って、茉平さんの企画を通すため、だったんですよね？」

率直に聞いた。

今回の会議では、まず僕が提案し、その次に竹那珂さん、最後に茉平さんの順番で発表が行われた。

僕の案は、突っ込まれる要素こそ多かったけど、企画としてはひとまずＯＫ、というレベルだった。竹那珂《たけなか》さんの案は、企画としては残念だったけど、発想と新しさでは飛び抜けていた。

そして……最後の茉平《まつひら》さんの案は、僕と竹那珂さんの案のいいところを採った上で、完璧に理論武装をした、見事な企画案だった。

結果、茉平さんの企画案については、上層部の確認を取った上で実際の開発検討に入る、というところまでいった。学生発案の企画ということを考えれば、大勝利と言ってもおかしくないだろう。

でも、そもそもの構造からして、今回の企画会議は少しいびつだった。

利用されて怒るわけじゃないけど、何があったのかだけは、聞いておきたいと思った。

「まず、これだけは言っておくけど」

茉平さんは、ゆったりと立ち上がって、口を開いた。

「君たちの案を横から見たりしたわけじゃないし、踏み台にして案を通すための道具にしたり、そういう利用をした事実は一切ないよ。それは、とても失礼なことだからね」

「はい、それはそうだと思います」

事実、僕や竹那珂さんの案は、茉平さんに軽く相談こそすれ、企画の全貌を話したのは、あの会議の席上が初めてだった。

「その前提で言うけれど、僕は君たちが出してくる企画については、それなりにだけど予想ができていた」

「はい、そうなんだろうなとは思っていました」

この何ヶ月か、茉平さんと仕事をして思ったのは、彼が本当にとんでもない勉強家であり、しかも柔軟な思考を持っている人であるということだった。

だから、僕らが考えつくようなことなんてすぐにわかっていただろうし、だからこそ、彼もコンシューマ機とスマートフォンの連動という、僕と竹那珂さんの案を上手《うま》く融合させた企画を出してきて、しかも僕らの企画の穴になりそうな、実務レベルでの対応策まで、しっかりと言及してきたのだと思う。

「でも、それは見くびっていたから予想できたんじゃない。むしろ逆で、君たちに期待していたからなんだよ」

「期待……ですか」

「ああ。僕は正直、今の開発部については、不満が溜《た》まっている」

思わず、周りを確認してしまった。会議室の中とは言っても、すぐ真横はその不満を持っている開発部だからだ。

「いいよ、安心して。僕が開発に対して不満を持っていることなんて、みんなもうわかっているることだから」

ははっ、と快活に笑うと、

「だから、君たちには味方になって欲しいんだよ。これから僕や堀井《ほりい》さんが始めようとしている、新しいことについて、ぜひいっしょになって取り組んで欲しいってね」

「あの企画について、ですか?」

「それもある。でも、もっと大きなことだと考えてもらった方がいいかもしれないね」

茉平《まつひら》さんは、自信満々といった様子で、僕をしっかりと見据えていた。いつもの優しい表情ではあったのだけど、強さというか、有無を言わせない空気が、そこにあった。

「君は、最後まで大学に行くつもりなの?」

「大芸大《だいげいだい》ですか? ええ、そのつもりですが」

茉平さんの目が、光ったように見えた。

「もし、君が義務感だけでそこに通っているんだとしたら、もったいないから、すぐに辞めた方がいい。大学なんて、必要なものだけを得たら、長くいる価値なんてない」

ストレートに、大学を辞めることを勧めてきた。

「僕は、実際に大学を辞めることを検討している」

「えっ、京国大《きょうこくだい》を……ですか?」

普通に考えれば、あのレベルの大学を辞めることはあり得ないことだ。

「4年目になって、無駄なことが多くなってね。幸い、学びたいことはすべて終わったから、今後の仕事次第ではそれもあり得るかなと思って」

驚きを隠せない僕を前に、茉平さんはなおも続けた。

「大芸大からのバイトは、堀井さんからのラインが強力なこともあって、インターンの意味合いが強い。もちろん即採用というわけではないけれど、試験の際にプラスになる部分はとても多い」

僕は何も言えなかった。ずっと驚かされ、黙ったままだった。

そんな僕に、茉平さんはとどめの一言を言った。

「君もどうかな、挑戦してみる価値はあると思うよ」

ギュッと、胸の奥が引き締まるような感覚があった。

ついに、ここまで来たんだという思いがあった。あこがれの会社に入って、そこでしっかりと評価をされ、そこで働く人から誘いを受けるなんて。

本当なら、震えるぐらい嬉《うれ》しいことだった。だって、この会社に来ることは、本当に最初の時点からの目標の1つでもあったからだ。

でも——。

「とても、ありがたい話なのですが……お断りしたいと思います」

「理由、聞かせてくれるかな？」

はい、とうなずいて、僕は話し出した。

「今回の企画会議に参加させていただいて、評価をいただいた反面、やはりまだ実力不足を感じました。それが最大の理由です」

「意地悪な言い方になるけど、堀井《ほりい》さんや僕からの評価では不十分かな？」

「いえ、むしろ嬉《うれ》しかったです。でも……」

会議の様子を思い返した。そして言った。

「僕に対して懐疑的な人たちを、黙らせるぐらいの説得力が欲しいんです」

茉平《まつひら》さんの表情が変わった。真剣な、面持ちだった。

「あの席、堀井さんも茉平さんも、公平に僕の企画をご覧いただいたとは思います。でも立場的に、どちらかというと肯定意見を言う座組ができていました」

古い慣習を打ち破る、という大枠としての目的も考えると、あの場において僕と竹那珂《たけなか》さんは、援護射撃をもらえる状況があった。

でも、そうではない古い感覚のスタッフからは、肯定的な意見はそこまでもらえなかった。立場を乗り越えてでも「これはおもしろい」と言わせるぐらいの力がないと、これから先、企画開発職としてやっていくのは難しいだろう。

「だから、もっと強くなりたいです。勉強もそうですけど、あの学校にはまだ、やり残していることがたくさんあります」

あれからいろんなことがあった。

大学に入って、同期や先輩たちと知り合って、大学の勉強以外でもたくさんのことを学んで、そして、まだ学んでいないこともたくさんわかって。それに後輩でも、竹那珂《たけなか》さんみたいな、おもしろい出会いだってあった。

そしてなにより、プラチナ世代の仲間たち。貫之《つらゆき》もナナコも、そしてシノアキ。彼女については、僕はまだ何も知らないし、もっと知りたいと思うことが多くなった。

彼女について、そして他のみんなに対しても、もっと根っこのところからサポートできるような、そんな人間になりたい。

「僕はまだ、大学にいたいと思っています」

だから、中退して会社に入るルートについては、はっきりと断った。

茉平《まつひら》さんは、黙って僕の話を聞いてくれていたけど、やがて、

「——やっぱり、僕は君がうらやましいな」

ニコッと笑いかけた。

「えっ?」

「大学という場所、そして友人たち。そんなに思い入れを語れるぐらいに充実しているなんて、僕にはないから」

そう言った茉平さんは、やっぱり少し、さみしそうに見えた。

さっきの話からすると、彼は開発部の中でも異端なのかなと思われる。堀井《ほりい》さんという

強い味方がいるにせよ、おそらくは敵も多いのだろう。

その不利な状況を、自身の能力と人柄で、ある意味ねじ伏せてきたのだろう。強い人である反面、その内面に脆《もろ》いところがあるのかもしれない。

（あっ……そうか）

やっと、加納《かのう》先生の言っていたことを、少しだけ理解した。これだけ強い人のどこにそんな弱い部分があるのだろうと思っていたけど、たしかに集団の中での孤立というのは、精神的にとてもこたえる状況だ。

だから、味方になるというのが助けになったのかもしれない。

「ごめんなさい、茉平さんのご要望に背く形で」

「いいんだよ、僕にしても急な話だったからね。でも……」

しっかりと僕の目を見て、

「これから先、もし考えが変わるようだったら――また相談してね」

「は、はい」

やっぱり、この人は強い人だ。

今の一瞬で、それを実感した。

「それじゃ、話は以上だよ。仕事に戻ろうか」

はい、と答えて出口に向かう途中、僕はふと思い出して、

「そういや……」

少しの興味を持って、茉平《まつひら》さんに聞いた。

「茉平さんって、ゲームは好きなんですか？」

かつて面接のときに、堀井《ほりい》さんからされた質問だった。

その真意も、そしてタイミングも、何もかも謎だった質問だけど、それを茉平さんはどう答えるのか、興味を持ったのだった。

すぐに答えられるものだと思っていたのだけど、

「…………」

茉平さんは、僕の質問に表情を硬くした。

気軽に聞いてしまったけれど、あとになってこれは聞かなければよかった、という話題がある。たとえばプライベートなことだったり、贔屓《ひいき》のプロスポーツチームだったり、宗教の話題だったり。

でもそれらは、人間関係を続けていくことで、自然と聞いてはいけないということがわかってくる。だから、よほどの注意散漫な人でない限り、NGの項目というのは自然と回避できるようになるものだ。

しかし、ときどきではあるけれど、かけらも予期していなかったNGの話題というものがある。そんなに強く意識したり、怒ったりする話題なの？　と、あとになって首をひねるような、そんな話題だ。

そして、このときの僕は、まさに、

「ゲームが好き、か……」

あの茉平さんが、表情を変える瞬間を見てしまっていた。

「ねえ、橋場《はしば》くん」

「は、はい」

「好きなものって、すべてをなげうってでも好きでいられるものなのかな？」

どういうことなんだろう。

僕はゲームが好きで、だからこそ、サクシードの仕事が普通の業務より忙しくても、まったく不満なく働けると思っている。

比較に何が来るのかにもよるけど、たいていのものについては、好きであるという点で押し込めるんじゃないかとも、思っている。

「そう、思います。好きっていうのは、力を得られるものなので」

ある程度、自信を持って答えたことだったけど、

「僕はね、そうは思わないんだよ」

意外なほどに強い口調で、茉平さんは僕の言葉を否定した。

「好きって、移ろいゆくものだからね。たしかに瞬間的な強さはあるかもしれないけど、

熱さがのど元を過ぎれば、そこで終わってしまうと思う」

何かあったのかと心配になるぐらい、そして彼にしてはめずらしく、少し冷静さを欠いているようにも思える口調だった。

やがて、自分でもそれに気づいたのか、

「ごめんね、妙にシリアスな空気になっちゃった」

笑って、自分の言葉にフォローを入れたのだった。

「あ、いえ……僕こそ、すみませんでした」

触れてはいけない、そんな空気を感じるようなトーンだった。

もちろん、真意をこの場で聞くつもりもないし、今後知る機会があったとしても、興味本位で聞くようなことはないだろう。

でも、ゲームが好きで入ったはずの会社で、ゲームが好きかどうかの問いにああいった表情をするのは、どういうことなんだろうか。

茉平《まつひら》さんは、まさに理想的な先輩だった。もしこのままサクシードに入ったならば、きっと彼と共に働きたいと思うだろう。

でも、さっきの問いに対する答えは、ちょっと引っかかるものがあった。

さらに何かを考えようとしたところで、不意にポケットから電子音が鳴った。メールの着信音だった。

「あれ？　メールだ。すみません、ちょっと確認します……」

「うん、じゃあ僕は先に戻ってるね」

茉平さんは、静かに会議室を出て行った。

携帯の画面に目をやると、そこにはナナコからのメールが記されていた。

『今から、できればすぐに心斎橋《しんさいばし》まで出てこられないかな』

驚くような内容だった。タイトルのところには『至急』とまで書かれてあった。

「え、そんな、時間は」

ちょうど、終業時間ギリギリだった。これからタイムカードを押してそのまま向かえば、心斎橋は近いし、問題なく行き着けるところだ。

「何の用なんだ、ナナコ……」

本当に緊急の連絡だったら、メールなどは打たずに電話をしてくるはずだ。だから、メールで届いたというのはそこまでの緊急性がないとも言える。

でもそれは、電話ができる状況にある場合の話であって、ひょっとしたら、電話をしてこなかったのは、したくてもできなかったということも考えられる。

今日は残業も特になさそうだった。このまま上がって、開発部に迷惑をかけることもない。

「あの、すみません！　今日はこれで失礼します！」

行くことを決めた。自分の机に戻って、すぐに帰り支度を済ませた。

「あっ、タケナカもこれで失礼しま……！」

「ごめん、今日はちょっと行くとこあるから、これで！」

呼び止めようとした竹那珂《たけなか》さんを振り切るように、急いでエレベーターに乗り、駅への道を急いだ。

今日は特異日というか、いろんなことがある日だ。

緊張の中行われた企画会議があり、そうかと思えば竹那珂さんにドキッとさせられ、茉《ま》平《ひら》さんからは、大学を辞める気はないかと問われた。

この流れで、ナナコから連絡があった。緊急とまでは言わないまでも、急ぎ来て欲しい様子は文章からわかったし、そもそもメールでそんなことを書くなんて、今までで一切なかった。

胸騒ぎがするのはたしかだった。だから、それが気のせいであって欲しいと、心から願うばかりだった。

◇

心斎橋《しんさいばし》についたところで、再びメールを確認した。ナナコの方へ向かっていることだけは告げていたが、続いて詳しい場所もメールされていたのに気づいた。

「お店の中……?」

店名と、テーブルの位置が示されていた。この内容からすると、誰かと会っていて、何か揉《も》めるようなことでもあったのだろうか。

「まさか、あのコラボ相手の」

ボカロPとは、直接会っての打ち合わせもしていると聞いていた。その途中で、何かしらのトラブルが発生したのかもしれない。

メールで指定された店は、普通の学生では入りにくい感じの、高級感のあるおしゃれなカフェバーだった。

普通、打ち合わせで使うような店ではなく、使う用途を考えれば、

「気合いの入ったデート……だよな」

ここにナナコがいて、すぐに来て欲しいというメールを送ってきた。

あまり状況として、いいとは思えない。

「急がないと!」

エレベーターに向かって走り、やきもきしながら7階までの時間を待つ。

ドアが開くと同時に店に入ると、早速店員が声をかけてきた。

「お客様、ご予約は」

「友だちが中にいますんで！」

半ば強引に中へ入ると、見回して指定されたテーブルを探す。

「どこだ……くそっ」

妙に入り組んでいる上に、雰囲気を出すためなのか照明も暗く、どこなのかがとてもわかりにくい。

それでもやっとのことで席を確認すると、チラッとナナコらしい茶色の髪が目に入った。急いで駆け寄って、本人だと確認して声をかける。

「お待たせ！　って、あれ……？」

ナナコが振り向いた。その顔はやや緊張していたけれど、別にトラブルの真っ最中とか、そういう様子にも見えなかった。そしてその対面には、

「あ……ガジベリP、さんですか？」

薄い緑色の髪に銀ぶちのメガネ、ストリート風の服装。チャラそうな雰囲気ながらも、彫りの深いイケメンと呼んでいい顔立ち。

ニコニコ超会議やアニメ系のライブイベントで見慣れた顔が、こちらはリラックスした様子で座っていた。

「えっ、どこかで会ったことありましたっけ？　俺、顔出しで何かやったっけか？」

しまった、と思った。僕が一方的に未来の顔を知っていたせいで気づいたけど、この当

時では、彼はまだ無名に近いはずだった。

「あ、いやその、ナナコがコラボするって聞いてたから、ひょっとしたらって思って」

とりあえずの切り抜け方をした。

「なるほど、そういうことっすか！　いや〜、そんなもっと早く聞いておけばよかったですよ、悪いことしちゃったなあ」

「え？」

なんか不思議な流れになっている気がする。

「ナナコちゃんも、彼氏いるならもっと早く言っておいてくれれば良かったのに！」

「!!」

驚いて、ナナコの顔を見る。

と、そこで彼女は、何も言わないまま、カチカチに固まった表情を僕の方に見せて、

(察して)

と目で訴えてきた。

(……なんとなく、わかったぞ)

僕もそれに合わせる形で、ナナコの隣へと座った。

「はじめまして、ナナコのプロデュースをしています、橋場《はしば》と申します」

「どうも、ありがとうございます〜ガジベリPこと、岡田《おかだ》と申します〜」

本名、岡田《おかだ》っていうんだ……と、思わぬ情報を聞いたのはともかくとして、

「いや、なんかその、すみませんね！　ちょっと話の流れ上、ナナコちゃ……いや、ナナコさんのいう、橋場《はしば》さんに会いたいって話になっちゃって」

「は、はあ……」

ノリのいい人だったけど、まあ一言で言えばチャラい感じであり、ちょっと領域の違う人、という印象だった。

「それで急いで来てもらったんですけど、色々納得しました！　あ、それでですね、今度やろうと思ってるコラボなんですけど～」

もうさっきの話は終わったとばかりに、予定や何をしたいかという話を、ガジベリPは始めたのだった。チラッと横目で見たナナコは、ずっと気まずそうな顔をしたまま、表情を崩すことは一切なかった。

◇

「もう、ほんっっっっっとにごめんね!!」

ガジベリPと別れ、しばらく2人で歩き出したあと、すぐにナナコは全面謝罪という感じで、勢いよく頭を下げて手を合わせてきた。

「その、なんとなく予想はつくんだけど、彼氏だってことにして何かをごまかしたの？」

ナナコは、うんうんとうなずいて、

「あたしさ、告白されたの」

「えっ、こ、こくはく？」

「普通にいつもの打ち合わせのつもりだったんだけどね。だけど、座ってからなんかもったいぶった言い方してくるなーと思ってたら、いきなりだったの」

はぁ、と大きなため息をついて、

「それで、どう断ればいいんだろうって思ってるときに、とっさに恭也《きょうや》の名前が出ちゃって……本当に、ものすごく悪いって思ったけど、これでなんとかごまかせないかって思ったら、会いたいって言われちゃって」

おそらくだけど、本当に彼氏なのかどうかの確認だったのかなと思われる。

「で、まだ仕事してる時間なのはわかってたけど、もし行けそうならって感じでメールしたの。ダメなら、もうなんか理由付けて逃げようって考えて」

結果、僕がすぐに来たことで、なんとかなったのだということだった。

「というわけで、完全にあたしの不注意です。ごめんなさい」

またしても、ナナコは深々と頭を下げた。

「ナナコが謝ることじゃないよ。そもそも打ち合わせの席で告白してくる相手の常識のなさが問題なんだから……」

そう、別にナナコに責任があるわけじゃない。

あまり最初の段階から警戒しまくるのも、自意識過剰だと思われるのは嫌だろうし、結局はこうやって、何かあったときに対応、というぐらいしかやりようがないと思う。

「でもほら、前にああいうことがあったから……ね？」

「そ、そうだけど……」

気にはしてるだろうな、とは思っていた。

ナナコはもう、僕にはっきりと告白をしている。その上で、時期が今じゃないと察してくれて、だから僕も、いっしょに創作をする関係として割り切れていた。

それは彼女も同じだったに違いないけど、思いも寄らないところで、再燃することになってしまった。

(本当にもう、余計なことをしてくれるよ)

ガジベリPの節操のなさにあきれつつも、ナナコはほんとに気の毒の一言だった。

おたがい何も言わず、黙って街を歩いて行く。夏の心斎橋《しんさいばし》は人通りも多く、雑音があるだけ、会話せずに済んだのは幸いだった。今話せばきっと、めんどくさいことにもつながりかねなかったから。

「あたしさ」

無言のまま、数分歩いたあとだったか。

不意に、ナナコの方から口を開いた。

「自分で思ってたよりもずっと、音楽が好きになってた」

「それって……どういうこと？」

聞き返すと、苦笑しながら、

「いきなり告白されて、このタイミングでなんなのって正直怒ったけど、それよりもずっと、コラボとかの話ができなかったことの方が、悔しいなって思った」

ナナコは、純粋に音楽の話をしに行った。それは当然ながら、相手の作るものも評価した上で、敬意を持って会ったはずだった。

「なのに、話す内容がそんな感じだったからね。しかも、今日までに作っておくって言ってた歌詞も上がってなかったし、がっかりだった、ほんとに」

話を聞いていて、僕はなんだか妙に嬉《うれ》しかった。

ナナコは、いつの間にかすごいクリエイターになっていた。言われたから、褒められたからするのではなく、自分の中から出てくるものを、何よりも優先できる人間になっていた。それがすごく、嬉しかった。

「あたし、あの人とのコラボは断るね。その分、ソロとか他のコラボにもっと力を入れたい。いいでしょ？」

もちろん、と答えた。

「たくさん歌って、いろんな人に聴いてもらって、前のあたしみたいに、何かやりたいけど勇気が出ないって人に、聴いてもらいたいな」

思い出していた。未来の世界で、絶望していたときに聴いたナナコの歌を。まっすぐで、濁りがなくて、ただただ勇気をもらった、あの歌声を。

「すごく、いいと思うよ、すばらしいことだよ」

ナナコは、嬉《うれ》しそうに笑って、

「こんなところで止まってられないもの。歌いたい曲も、作りたい曲もたくさんある。ほんと、くだらないことに手間をかけさせないでよって感じ」

そこまで一気に言ったあとで、「あっ」と気づいたように言うと、

「でも、恭也《きょうや》とのことを忘れたわけじゃ……ないからね」

「うん、わかってる」

今日はやはり特異日というか、いろんなことがある日だ。

企画会議という大きなイベントを経て、竹那珂《たけなか》さんのことをさらに知ることになり、茉《まっ》平《ひら》さんとの話では、自分のこれからについて考える機会になった。

そしてナナコから連絡が来て、急ぎ駆けつけた先。人騒がせなボカロPのドタバタに巻き込まれ、なんとか一件落着というところまで来て、そして。

ふと気がついたら、僕のすぐ横にいたと思っていた女の子は、

「さ、恭也《きょうや》、帰ろ」

「うん、帰ろうか」

いつの間にか、僕よりもずっと先を歩いていた。

◇

8月も半ばを過ぎるようになると、貫之《つらゆき》の周辺がにわかに慌ただしくなってきた。シェアハウスの中で共に生活をしていても、電話などで席を外すことが多くなり、しかもその電話が終わって帰ってくると、彼は決まって嬉《うれ》しそうにしていた。


その日、朝から支度をしていた貫之は、出会った僕にこれから東京《とうきょう》へ行ってくるという話をして、

「編集さんからさ、なんか急に、作家の先輩やイラストレーターさんに会わせるって連絡が来てさ。9月は向こうとこっちの行ったり来たりになりそうだ」


玄関先で靴を履きながら、そんなことを口にした。

「よかったね、もう本当に作家になるってことだと思うよ」

「そういうものなのかな……」

貫之は首をひねっていたけど、僕には多少なりとも確証があった。

有望でもなんでもない人間に、活躍している人をあまり紹介したりはしないだろうから、きっと編集さんは、貫之に対して一定の評価を与えたのだと思う。

もちろん、実際に発売して結果が出るのはこれからのことだから、まだどうなるかはわからないのだけど、これで貫之もまた、少し先の道を歩くことになった。

コラボを断ったナナコは、少しの間はガジベリPから謝罪と「もう一度仕切り直しませんか」という打診をもらったみたいだけど、やがてその連絡も来なくなって、本格的にソロ活動へ向けた準備を進めることになった。

「あの件はなくなったけど、他のコラボの話が来てね。そっちはすぐに話も進められそうだし、ソロと並行してやってみようかなって」

聞けば、これもまた将来が有望なボカロPからのお誘いだった。

「もしまた告白されたら、そのときは恭也を呼んでもいい？」

苦笑交じりに、そういう相談をされたので、

「そんなことでお役に立てるのなら、いつでも」

そう答えると、ナナコは楽しげに笑った。

うまく言えないけど、僕との間にあったことについても、彼女なりにいい距離を取ることができたのかなと思っている。

そんな、2人との距離を意識するようになったある日。

僕はいつものように居間で眠りこけていた。今日がバイトのある日だというのはわかっていて、過去の失態を繰り返さないよう、何重にも目覚ましをかけていた。

そして、無事に2個目のアラームで目を覚ましたところ、

「ん……シノアキ?」

目を開けた先には、優しげないつもの顔があった。

「恭也《きようや》くん、おはよ。今日は出かけるとね?」

「ありがと。行ってくるよ」

カバンを肩にかけ、軽く髪を整え、玄関先で靴を履く。バスの時間まではまだ充分に余裕があった。

ドアを開けたところで、シノアキがひらひらと手を振って、

「気をつけてね～。あ、カバーイラスト、もう送ったから」

「そっか、よかった」

1つ、大きな関門を抜けられて、ホッとして家から出た。

駅までのバスに揺られながら、シノアキの仕事について思いを巡らせる。

難航しまくったカバーイラストも、なんとか落としどころを見つけ、カラーイラストにするところまで持って行けた。これだけあればデザインも起こせるし、先に進めますねと、

担当編集さんも喜んでいた。

ただ、シノアキの描くスピードは、明らかに落ちてしまっていた。これまでの作業とは勝手が違うからというのもあったけど、やはりラフのところで引っ張ったことが、尾を引いたのかなと思った。

「でも、本当のことはわからないんだよな」

シノアキは、できたものもできなかったものも、どちらについてもあまり語るということをしない。当然ながら愚痴もこぼさないので、不満に思っている部分を探すのがとても難しい……というか、何も探せていない。

「っと、乗り換えなきゃ」

バスが到着し、数人いた乗客が次々と降りていった。

僕もそれにならって、バスを降りて駅へと向かう。

(そういう、創作の話をしっかりしてみるか……いや、いきなりそんなことをしたところで、シノアキを混乱させるだけか)

次の工程に移る前に、何か行動をした方がいいのかどうか。考えながら、阿部野橋《あべのばし》行きのホームへと歩いた。

仕事を続けていく中で、見つけていくしかないのかもしれない。僕はそう思うことにして、シノアキとの対話を続けることにした。

と言っても、何か方法があるわけではない。

「少しずつ、やっていくしかないか」

まだ、彼女との仕事は始まったばかりだから。

◇

定刻の30分前に開発部へ到着すると、先に来ていた茉平《まつひら》さんから、「ちょうどよかった」と声をかけられ、会議室へ来るように言われた。

何だろうと思いながら席を立つと、ちょうど予定よりも早く来ていた竹那珂《たけなか》さんも、同じく会議室へ呼ばれたのだった。

「パイセン、何の用事か聞いてますか？」

「いや、僕も今まさに呼ばれたばかりなんだ」

頭をひねりながら会議室へ行き、並んで座った。

「ごめんね、朝から。そんなにややこしい話じゃないし、むしろいい話だから」

以前の企画会議のときと同じような言い回しだったので、少しばかり警戒したけれど、

「じゃあ説明するね。こないだの僕の企画、あれに本格的にGOサインが出た」

竹那珂さんと2人、顔を見合わせ、そして茉平さんに向けて軽く拍手をした。

「ありがとう。それで、この企画について、君たち2人にも関わって欲しい」

茉平さんの言葉に、これまた揃《そろ》って「え?」という顔をする。

「ビジュアル面でのコンセプトデザインに竹那珂さん、そして今回の企画の核になる、スマートフォンとの連携については、橋場《はしば》くん、それぞれに参加して欲しいんだ」

突然の申し出に、ポカンとする2人。茉平さんはそれを迷いと受け取ったのか、

「急なことで悪いんだけど、よかったら検討してもらえないかな?」

意思の確認をされる流れになったので、

「はい、もちろんです!」

「タケナカでいいんですか? ぜひぜひです!!」

すぐにそう回答をした。

「よかった。それじゃ、具体的な指示については追って出すことにするよ。手元のデバッグ作業が終わったら、僕のところに来て」

はい、と答えると、僕らは揃って席を立った。デスクへ戻ろうと歩きかけたところで、すぐ近くにいた茉平さんから、

「楽しみにしてるよ、橋場くん」

ささやくような声でそう言われて、

「僕もです。すごく楽しみです」

僕もまた、そう答えたのだった。

開発部全体の空気を変えようと、孤軍奮闘している茉平《まつひら》さん。そんな、静かに闘志を燃やしている人が、どういうプロジェクト運営をこれからしていくのか。プロデューサーの勉強をしている僕には、とても参考になる話に思えた。

◇

「パイセンは、ちょっと悔しかったりしないんですか？」

席に戻ったところで、竹那珂《たけなか》さんがそんなことを言ってきた。

「もちろん、ちょっとはそういう感情もあるよ。でもそれより……」

「なんですか？」

「純粋に、ゲームが作れることの方が楽しみだよ。やっと、スタートに立てたなって思いの方が強いかな」

僕たちのモチベーションを上げるためのアイテムだったのかはわからないけど、茉平さんの企画の修正案には、僕と竹那珂さんのアイデアがさらに多く盛り込まれることとなった。細かい部分かもしれないけど、純粋に嬉《うれ》しかった。

それに、僕はまだ未熟で勉強しなきゃいけないことが山ほどあると思い知った。だから、茉平さんのように優れた人の元で働けるのは、とても意義があると思っていた。

「そうですね～。タケナカもめっちゃやる気出てます。イラストのこと、これからもっと勉強しなきゃってなってます！」

竹那珂さんは、ビジュアル面の監修だけではなく、キャラクターなどのコンセプト案も考えることになっていた。方向性などについては、完全に竹那珂さんのトーンを使うとすでに決められていたので、その点でも嬉しいだろうなと思った。

「あと、パイセン」

「ん？」

耳を近づけると、そこにいきなり、ささやくような声で、

「……自分、がんばりますね」

そう言って、ニコッと笑って席に戻ってしまった。

僕はと言えば、顔を赤くして黙るばかりだ。

（いやいやいや、がんばるって言っただけだろ、何を意識してんだ）

河瀬川《かわせがわ》があきれ果てる顔が一瞬で思い浮かんできた。

気を取り直して、今日の業務を始めた。新しい企画の話は、まだこれからということで、いつものデバッグ作業を始めるべく、メーラーを開いたところで、
携帯が、鳴った。

「なんだろ、また誰かからメール……」

携帯を取り出すと、今日はメールではなく、普通の着信だった。

「っと、どこだろ」

番号は記されてあったけれど、登録してある番号からではなかった。市外局番からすると、大学のある喜志《きし》周辺であることは間違いなかった。

妙な勧誘電話でなければいいな……と思いながら、通話ボタンを押した。

「はいもしもし、橋場《はしば》です」

少しも間を空けることなく、相手は淡々と話し始めた。

「すみません、富田林永代病院《とんだばやしえいたいびょういん》の佐島《さとう》と申しますが、志野《しの》……亜貴《あき》さんのご友人でお間違いないでしょうか？」

「えっ……」

そこから先の会話は、結局あとになっても思い出すことができなかった。

脇目も振らず、というのはまさにこのことを言うんだろう、と思った。

会社で連絡を受けたあと、僕はすぐに茉平《まつひら》さんに事情を説明し、即座に早退の許可をもらうと、電車を最速で乗り継いで富田林へと向かった。

大学のある喜志駅の辺りは、あまり大きな街ではない。その両側にある古市《ふるいち》駅と富田林駅は、それぞれが市の代表的な駅でもあり、比較的大きな街になっていた。

そしてその富田林の中でも、大きい順から数えた方が早い大病院が、貫之《つらゆき》のお父さんと旧知のお医者さんがいる場所だった。

『何かあれば相談してください』

その話は、貫之が過労で倒れたときにされた話だったけど、シノアキがそれを覚えていたのか、もしくは貫之が連絡をしてくれたのか、どちらかはわからなかった。

しかし、だとしたら、病院から直接連絡が来た理由がわからない。緊急を要することではないと言われたけれど、不安はどうしてもつきまとう。

「くそっ……どうして、どうしてこんな大切なところで、僕は……っ」

電車の座席の上、ずっと手を堅く握りしめながら、僕は自分のうかつさを呪うばかりだった。あれほど、事前にサインがたくさんあったことだったのに。本人のがんばりすぎてしまう性格と、詰まっていた仕事の状況から考えて、こういうことになるのは目に見えていた。茉平《まつひら》さんからも、シノアキのことではないとはいえ、体調管理についての話もされていたのに、それを活《い》かせなかった僕が、愚かすぎた。

「早く……ついてくれ、頼む……っ」

こういうときの電車は、ひどくゆっくりに思える。その人の状況によって体感的な時間の経過が変わるなんて、当然のように知っていたけど、こんなにも実感するなんて思ってもみなかった。

未来のあの日、自分の勘違いで、河瀬川《かわせがわ》を空港まで追いかけた日を思い出していた。今回も、大ごとではないことを願うばかりだった。

◇

病院は、歩いても駅から数分という恵まれた立地にあった。少しばかり行儀悪く、走ってその道を急いだ。

受付で名前を言うと、すでに連絡が通っていたのか、病室を告げられた。さすがに走るわけにもいかないので、急ぎ足で病室に向かう。

「ここだ……３０１」

一般病棟で、少し安心していた。いや、その連絡は先に受けていたのだけど、それでも実際に見るまでは安心できないところがあった。

扉を開くと、６つ並んだベッドの左奥に、横にはならず腰掛けている女の子がいた。僕に気づき、やさしくほほえんで手を振ってくれた。

「シノアキ……！」

少しばかり、大きな声が出てしまい、あわてて口をふさいだ。そのまま彼女の元に近づき、まずは声をかけた。

「だ、大丈夫だった……？」

シノアキはにっこり笑うと、

「ごめんね、心配かけちゃって。恭也《きょうや》くんに連絡を取ろうか迷ったんやけど、家にいたみんながたまたま携帯つながらなくてね。それでかけてしまったとよ」

そうだったのか……。いや、でも僕にまだつながってよかった。シノアキもきっと、不安だっただろう。

「家で作業しよって、お茶を淹《い》れようと思って居間に降りたら、そのままめまいがしたんよ。目の奥が暗くなったりして、歩いて病院に行くのも難しそうだったから、それで救急車を呼んだんよ」

家にはシノアキ以外の誰もいなかった。車の免許を持っていれば、自分で運転して病院へ行くことも考えられたが、ここではそうせずに正解だった。

「過労なんだって。たしかに、最近ちょっと根を詰めすぎやったもんね。寝る時間とかご飯を少なくしてるって言ったら、絶対にダメですよって叱られてしもた」

バツが悪そうにほほえむシノアキ。

「がんばらなきゃいかんねって、思ってたんよね。ナナコも貫之《つらゆき》くんも、2人ともどんどんすごいとこに行ってて。恭也《きょうや》くんも毎日がんばっとるし、わたしだけ足踏みしとるんが、ちょっとしんどかったんよ」

根を詰めた原因は、そこにあった。

シノアキは、強いと思っていた。いや、創作に対する思いは、今でも強いと思っている。だけど、それはこの小さな身体《からだ》で受け止められるだけの、体力的なものとは等しくなかった。

改めて、僕は九路田《くろだ》のすごさを思い出していた。シノアキの驚異的な仕事量は、きっと彼がしっかりと体調管理をし、作業の詰め方を調整していたからこそ、なしえたものだったに違いない。

僕に忠告したのは、そんな意味合いもあったのだろう。

「病気とか……そういうのではなかったんだね？」

「うん、ごめんね。全然心配いらんとこやよ。もう今日にでも帰っていいですよってぐらいやったけん」

この病室についても、たまたま空きがあったから休んでくださいというもので、入院とかそういうレベルではなかったとのことだった。

「シノアキ……ごめんね」

僕が謝ると、シノアキは首を横に振って、

「恭也くんが謝るようなことは、なーんにもなかとよ」

「いや、あるよ。僕はシノアキと仕事をするって話をしたのに、全然それができていなかったから」

スケジュールの管理には、当然のように体調やモチベーションの管理もついてくる。それがしっかりと行えなかった以上、僕は仕事をまっとうできなかったことになる。

「無理をしちゃいけないところに、新規の仕事まで持ってきて……僕はぜんぜん、みんなのことを考えられていなかった」

貫之がいなくなったとき、あれだけつらい思いをしたはずなのに。つらい思いを、させたはずなのに。シノアキも、ナナコも、みんな悲しい思いを抱えて、未来に生きることになってしまった。

結果的に、その未来もまた肯定できるようにはなったけれど、とはいえ、過去に学べなかったことには間違いなかった。

「ほんと、気にせんでよかとよ。なんでもかんでも恭也《きようや》くんのお世話になってしまったら、それこそ家族になってしまうけん」

「家族……？」

「だからよかとよ、ほどほどのとこで」

なぐさめるために、そう言ったのかもしれない。それはわかっている。

だけど、シノアキのその言葉で、僕はかつての家庭を思い出してしまった。

シノアキがいて、娘がいて。悲しい出来事はあったけど、あたたかな家で。彼女を取り巻く状況は変わっていたけれど、やはり優しく笑っていて。

いつか、目の前にいるシノアキにも、あんな風に家庭を持つ時期が訪れるのだろうか。

そのとき、彼女は絵を好きでいて、絵を生業《なりわい》にしていられるのだろうか。


プロデューサーのまねごとを始めて、僕はいくつも失敗しながら、少しずつではあったけれど、前に進んでいるような感覚を得ていた。成長、というとおこがましいけれど、それでも何かの気づきはあるように思っていた。

だけど、こうしてまた大きな失敗を目の当たりにして、つくづく思い知らされる。

僕は何も知らない。プロデュースのことも、そしてシノアキのことも。

知りたいと、切実に思った。それは本当にプロデュースのためだったのか、シノアキ個人への想《おも》いが強くなったのか、僕にはわからない。

ただ、目の前で優しくほほえんでいるこの子を前にして、もう二度と過ちをおかしたくない、その気持ちが強かったのかもしれない。

絶対に、悲しい未来へは進ませない。その思いが頭をよぎったところで、僕は自然と、口を開いていた。

「ねえ、シノアキ。僕は」

一拍を置いて、続ける。

「僕は、シノアキのことをもっと知りたいよ」

変なことを口走ったな、と思った。

「恭也くん……？」

「ものを作るシノアキが好きだし、シノアキの作ったものも大好きだ。でも、そのシノアキについて、僕はまだ何も知らないんだ」

思い返せば、恥ずかしい言葉だった。

でも、僕は彼女に遠くに行って欲しくはなかった。だから、この言葉は本当に必要だと思って、自然と出た言葉なのだろう、と思った。

「ご、ごめんね、急にこんな」

取りようによっては、告白とも受け取れそうな、この言葉を。

「そうやね……」

シノアキが、このときにどう思ったのか、僕はわからない。

でも、とても優しい、包み込むような表情だったことは、しっかり覚えている。

「担当さんにも連絡したんやけどね、幸いスケジュールもまだ余裕がありますし、少しだけお休みしましょうか、ってなったんよ」

「そう、なったんだね」

シノアキはうなずくと、

「だからね、ちょっと帰ろうと思うんよ。3日ぐらい」

その「帰ろう」が、シェアハウスではないことぐらい、さすがに鈍い僕でもわかった。

彼女の生まれた、福岡《ふくおか》の西の方。長いお休みができると、必ず帰っているぐらいには、大切に思っているだろう、彼女のふるさと。

「ねえ、恭也《きょうや》くん」

シノアキが、僕の方を向いた。

外からの陽光が、神秘的にも思えるぐらいにキラキラとシノアキの表情を輝かせていて、僕はそのとき、彼女がなんだか、人ではないものにすら見えた気がした。

だから、そのときに言われた言葉も、どこか現実味がないというか、理解するまでに少

し時間を要してしまったぐらいだ。

「福岡《ふくおか》に——いっしょに来てくれん？」

少しばかりの間を置いて、その言葉の意味を理解して。

「僕が、いっしょに……？」

シノアキはゆっくりと、ほほえみながらうなずいた。

あとがき

　ぼくたちのリメイク、8巻をお届けします。βも含めると、これで通巻10巻目になります。始まった当初からは想像もできないほどの長い物語になりました。ここで終わるならこれ、ここならこれ、と用意していたエンドは次々となくなって先に延びていっています。まさかこんなことになるなんて。この8巻は、そんな作者の思惑から、ついに主人公の橋《はし》場《ば》恭《きょう》也《や》が飛び出した格好の話となります。まさにその内容にピッタリのサブタイトルになったなあと。編集さんありがとうございました（ぼくリメのサブタイトルは、毎回作者と編集さんがお互いに候補を出し合って決める形になっています）。

　少しばかりアニメの話も。8巻の帯で告知があったかと思いますが、改めてこのタイミングで、TVアニメ化と2021年の放送が決定いたしました。具体的に時期が示されたことにより、いよいよなのだなあ、と実感が湧いてきました。でもきっと、目の前のテレビで実際に放映されるまでは、どこか夢心地なのでしょうね。それまではしっかりと執筆その他がんばって参ります。

　謝辞です。新キャラ登場、βとの平行、そして新展開と難しい中で今回もすばらしいイラストを描いて頂いたえれっとさん、ありがとうございました。そして、巻が進むごとに難しくなる原稿を、今回も導いてくださった編集Tさん、いつもながらありがとうございました。展開が過去未来βと動き回る中、しっかりと読み続けてくださる読者の皆様、ありがとうございました。

そういえば、ここまでずっと丁寧なコミカライズでぼくリメの世界を盛り上げてくださっている閃凡人《ひらめきぼんじん》先生の描くコミック版『ぼくリメ』ですが、こちらも原作3巻の「あの」展開へと近づいてきました。新しく読むには小説だとちょっと、という方にもきっと楽しんでいただけると思いますので、ぜひぜひお勧めしてみてください。ちょうど、8巻と同時に最新刊の4巻が出る頃合いですので。

今回は少しばかり短いですがこの辺で締めたいと思います。YouTubeチャンネル『木緒《きお》なち・葉山《はやま》みどチャンネル』の方でも、時々ですがぼくリメの話をしておりますので、ご興味がおありでしたらぜひご登録を。

それでは、次にお目にかかるときまでどうぞお元気で。

木緒なち　拝

✿あとがき✿

このたびは、
『ぼくたちのリメイク ～橋場恭也～』を
手に取っていただきありがとうございます！

新キャラ・竹那珂さんには…
寝ぼけながら口に入った自分の髪の毛を
ぱくぱくしてほしい！

無防備カワイイ☆

2020.11
えれっと

ファンレター、作品のご感想をお待ちしています

あて先

〒102-0071　東京都千代田区富士見2-13-12
株式会社KADOKAWA　MF文庫J編集部気付
「木緒なち先生」係　「えれっと先生」係

読者アンケートにご協力ください!

アンケートにご回答いただいた方から毎月抽選で
10名様に「オリジナルQUOカード1000円分」をプレゼント!!
さらにご回答者全員に、QUOカードに使用している画像の無料壁紙をプレゼントいたします!

■ 二次元コードまたはURLよりアクセスし、本書専用のパスワードを入力してご回答ください。

http://kdq.jp/mfj/　パスワード　**betna**

●当選者の発表は商品の発送をもって代えさせていただきます。
●アンケートプレゼントにご応募いただける期間は、対象商品の初版発行日より12ヶ月間です。
●アンケートプレゼントは、都合により予告なく中止または内容が変更されることがあります。
●サイトにアクセスする際や、登録・メール送信時にかかる通信費はお客様のご負担になります。
●一部対応していない機種があります。
●中学生以下の方は、保護者の方の了承を得てから回答してください。

MF文庫J https://mfbunkoj.jp/

MF文庫J

ぼくたちのリメイク8
橋場恭也

2020年11月25日　初版発行

著者　木緒なち
発行者　青柳昌行
発行　株式会社 KADOKAWA
〒102-8177 東京都千代田区富士見2-13-3
0570-002-301（ナビダイヤル）

印刷　株式会社廣済堂
製本　株式会社廣済堂

Printed in Japan　ISBN 978-4-04-680014-5 C0193

●お問い合わせ（メディアファクトリー ブランド）
https://www.kadokawa.co.jp/（「お問い合わせ」へお進みください）
※内容によっては、お答えできない場合があります。
※サポートは日本国内のみとさせていただきます。
※Japanese text only

◇◇◇